Sherlock Junior

THiLO

Sherlock Junior

impian

Genehmigte Lizenzausgabe für Impian GmbH, Hamburg, 2022

Fachberatung: Ulrike Holzwarth-Raether, Ute Müller-Wolfangel
Layout und Satz: Michelle Vollmer, Mainz
Umschlaggestaltung: Nele Schütz Design
unter Verwendung von Illustrationen von Nikolai Renger
Druck: UAB BALTO print
Printed in Lithuania

ISBN 978-3-96269-150-9

www.impian.de

SHERLOCK JUNIOR
und der Bär von London

THiLO

mit Bildern von Nikolai Renger

INHALT

(Im Glossar findest du alle Übersetzungen!)

Tipp:

Alle englischen Wörter und Sätze kannst du dir anhören unter: www.youtube.com/watch?v=vtw8T5K-SGI

MEIN NAME IST SHERLOCK

Saturday afternoon. Es ist ein gespenstischer Samstagnachmittag in London. Nebel hat sich ausgebreitet. Die Sicht beträgt weniger als drei Meter. Bei dem Wetter jagt man keinen Hund vor die Tür!

Trotzdem hetzt ein großer, schmaler Junge mit einem seltsamen, karierten Hut durch die Straßen. Unten an der Themse schlägt **Big Ben**, die schwerste Glocke des **Palace of Westminster**, fünfmal.

Der Junge flucht leise.

Er ist spät dran. Zum Glück hat er es nicht mehr weit.

Da tönt aus einem Fenster in der Nähe ein fürchterlicher Schrei: **„Help!“**

Hilfe? Das klingt ernst! Der Junge läuft noch schneller.

An der Straßenecke rennt er geradewegs in jemanden hinein.

Er fällt zu Boden. Der andere auch.
„Hey, pass doch auf!“, schimpft eine Stimme. Der Junge muss etwa in seinem Alter sein, auch wenn er viel kleiner ist.
„Meine Brille!“, jammert er jetzt. „Hilf mir wenigstens, sie zu finden! Ohne sie bin ich fast blind.“
Der Junge mit dem Hut entdeckt die Brille sofort. Dann zieht ein Buch auf der Erde seine Aufmerksamkeit auf sich. Interessiert sieht er es sich an. Es heißt: **Murder in the Dark.** Mord im Dunkeln. Er pfeift durch die Zähne. **„Do you like crime stories?“**, fragt er gespannt.

Der Kleinere setzt seine Brille wieder auf und nickt. „Natürlich mag ich Krimis."
Da kommt dem Großen eine Idee.
Er schüttelt seinem neuen Bekannten die Hand.
„My name is Sherlock Holmes", sagt er lächelnd.
„Du heißt Sherlock Holmes?", staunt der Krimifreund. „Aber …"
„Yes, exactly. Sherlock Holmes. Like the famous detective."
Sherlock rückt seinen Hut zurecht und behauptet nun, der berühmte Meisterdetektiv sei sein direkter Vorfahr.
„Wow …", staunt der andere. „Was soll ich sagen? Ich bin Walter. Einfach nur Walter. Ich komme aus Berlin."
In diesem Augenblick krächzt es über ihnen wieder: **„Help! Help!"**
Es kommt aus dem Haus, vor dem sie stehen. Aus dem ersten Stock? Dort ist ein Fenster gekippt. Dahinter ist es dunkel.

Walter zuckt zusammen. „Da passiert etwas Schreckliches!“, flüstert er. Aber er läuft nicht weg. Sherlock Holmes grinst. Walter gefällt ihm. Er nimmt sich vor, ihn zu testen.
Gelassen schlägt er vor, der Sache auf den Grund zu gehen.
Walter packt ihn am Pulli. „Lass uns lieber einen Polizisten rufen!“, bettelt er.
„A bobby?“ Sherlock klingt nicht sehr interessiert.
„Ja! Wenn das Einbrecher sind, haben die bestimmt Pistolen und Messer!“
„Pistols and knives?“, fragt Sherlock.
„Let's hurry up then!“
Und tatsächlich beeilen sich die beiden nun.
Denn die unheimliche Stimme meldet sich ein drittes Mal: **„I'm all alone!“**
„Nein, du bist nicht mehr allein! Wir sind gleich bei dir!“, sagt Walter leise.
Sherlock zieht einen Schlüsselbund aus der Hosentasche. **„I have a picklock!“**, verkündet er.

Wow. Walter hat schon mal gehört, dass man mit einem Dietrich überall hineinkommt.

„You're too late!", jammert die Stimme über ihnen.

Kommen sie wirklich zu spät? Walter läuft ein Schauer über den Rücken. Er kann doch kein Blut sehen!

Sherlock stochert mit dem Dietrich im Schlüsselloch herum. Tatsächlich öffnet sich die Haustür. Im Flur dahinter ist es eisig kalt.

„Let's go in!", sagt Sherlock entschlossen.

Er will wirklich da rein … Walter schluckt. Die Sache gefällt ihm überhaupt nicht.

Schnell drückt er auf den Lichtschalter.
Es macht **Pop!** – die Glühbirne ist geplatzt.
Sherlock Holmes tritt auf die Treppe, die in den ersten Stock führt. Die Stufen knarren gespenstisch.
„Be careful!“, ruft die Stimme.
„Klar sind wir vorsichtig”, murmelt Walter.
Er ist allerdings noch vorsichtiger als vorsichtig: Er rührt sich nicht vom Fleck.
„Come on!“, drängelt Sherlock. **„I'm with you.“**
Zufrieden sieht er, wie Walter ihm folgt.
Oben horcht Sherlock an einer Wohnungstür.
„I'm here!“, röchelt die Stimme.
„I'm going inside now“, sagt Sherlock cool, zückt den Schlüssel und will wirklich hinein!
Quietschend wie ein Sargdeckel schwingt auch diese Tür auf. Es riecht muffig. **„Like old cheese“**, murmelt Sherlock angewidert.
Jetzt dringt der käsige Geruch auch zu Walter vor.
„I'm here!“, röchelt die Stimme erneut.

Die Wohnung hinter der Tür ist vollgestopft mit merkwürdigen Gegenständen aus aller Welt.
„Das ist keine gute Idee“, murmelt Walter.
Was tun die Jungs bloß hier?
Auf Zehenspitzen durchquert Sherlock den schmalen Flur. Immer wieder schaut er zurück.
Walter folgt ihm noch immer.
„Good morning!“, ruft die Stimme plötzlich ganz fröhlich.
„Guten Morgen? Der Rufer muss ordentlich eins über den Schädel bekommen haben“, denkt Walter. Schließlich ist es später Nachmittag!
„Das kam aus dem Zimmer ganz rechts“, kombiniert er.
Sherlock lächelt und betritt den Raum. Er ist sehr zufrieden mit Walter.

Aber nun kommt der wichtigste Test. Wird Walter ihn bestehen?
Ernst schaut Sherlock seinen Gefährten an und fragt ihn, was hier wohl geschehen ist. Jeder Krümel könnte bedeutend sein!
Walter sieht sich angestrengt in dem Zimmer um. „Ein Tisch, ein Sofa, ein Stuhl“, zählt er die Möbel auf.
„Right. A table, a sofa, a chair“, wiederholt Sherlock. Doch das ist jetzt noch keine detektivische Meisterleistung.
An den Wänden hängen zahlreiche Bilder. Nur: Keine Spur von einem Menschen!
Liegt die Person gefesselt hinter dem Sofa?
„Hello, my dear!“, krächzt es da. Hallo, mein Lieber? Das klingt plötzlich sehr unbesorgt!
Und dann entdeckt Walter ihn. In einem Käfig über dem Bücherregal hockt ein sprechender Rabe! „Du hast uns ganz schön erschreckt, mein Kleiner“, schimpft Walter mit ihm. „Aber Sherlock und ich haben Nerven wie Drahtseile!“

Der Rabe klappert mit dem Schnabel. **„I'm so hungry!"**, plappert er. **„And I'm lonely!"** Das Tier ist hungrig und einsam. Hat es die Jungs darum gerufen?

Walter sieht sich weiter sehr gründlich im Raum um. Da bemerkt er noch etwas.

Er sieht Sherlock böse an. „Du hast mich angeschwindelt! Du warst schon einmal in dieser Wohnung!"

Sherlock grinst und reicht ihm die Hand. **„Congratulations! Today's your lucky day!"**

Walters Glückstag? Warum?

Sherlock erklärt ihm großspurig, dass Walter seinen Test bestanden hat und ab jetzt sein Gehilfe sein wird. **„I'll call you Watson"**, ruft Sherlock. So hieß auch der Gehilfe seines Vorfahren. Walter grinst und nickt. Watson klingt gar nicht schlecht …

?

Schau dir das Bild an. Wie hat Walter herausgefunden, dass Sherlock schon einmal in der Wohnung war?

WIR BRAUCHEN EIN BÜRO!

Sunday morning. Am Sonntagmorgen treffen sich die beiden neuen Freunde wieder. Watson und Sherlock laufen durch die Straßen ihres Viertels. Watson muss grinsen. Sherlock hat sich nun auch den karierten Mantel aus der Wohnung übergezogen. Und eine sehr altmodische Fliege umgebunden.

„Also, nun erzähl schon“, drängt Watson. „Wieso hast du den Schlüssel für die Wohnung?“

Sherlock legt die Stirn in Falten. So, als müsse er lange über die Frage nachdenken. **„The flat belongs to a widow. The old lady is always travelling“**, sagt er dann. **„And the raven is all alone!“**

Die Wohnung gehört also einer Witwe? Dann hat wohl ihr Mann einst den Hut und den Mantel getragen! Watson hatte den Hut auf einem Foto entdeckt. „Und da die alte Dame viel reist, kümmerst du dich um den Raben?“, hakt Watson nach.

Sherlock nickt. **„Exactly!“**

„Und wie viele Fälle hast du schon gelöst?“

Sherlock wird ein bisschen rot.

„I haven't solved any case yet“, muss er gestehen. **„Because I don't have an office!“**

Watson bleibt verblüfft stehen. „Noch keinen einzigen Fall?“, wundert er sich. „Und es scheitert am Büro?“

Sherlock zupft nervös an seiner Fliege herum.

„It's hard to find ...“, stammelt er.

Watson lacht. „Blödsinn!“, widerspricht er und pikt Sherlock mit dem Finger in den Bauch. „Das ist ganz leicht zu finden! Wir haben bereits eins: die Wohnung der alten Lady!“

Sherlock grinst. Aus der Manteltasche zieht er ein Schild. **„I already have a sign“**, sagt er und zeigt es Watson.

Ja, wirklich, ein Schild hat er schon.

Darauf steht:

Watson schüttelt den Kopf. „So, so“, murmelt er. „Sherlock Holmes, der Fünfte. Du löst also jeden Kriminalfall?“

Sherlock zupft wieder an der Fliege herum. **„Well“**, stammelt er. **„That's my plan.“**

Da nickt Watson. Okay. Ein guter Plan.

Auf dem Absatz kehren sie um und gehen zu dem Haus der alten Lady zurück.

„Fix the sign, please“, sagt Sherlock.

Solche Kleinigkeiten sind die Aufgabe eines Assistenten, findet er.

Gehorsam bringt Watson das Schild neben der Klingel an.

Ein Mädchen beobachtet die beiden.

„Hi Shirley, how are you?“, sagt Sherlock.

„You look strange!“, sagt sie und starrt ihn an. **„Are you a detective now?“**

Watson muss grinsen. Sherlock sieht wirklich etwas seltsam aus.

Doch seinem neuen Freund scheint das nichts auszumachen.
„Yes, I'm a detective", antwortet er stolz.
„And this is my assistant Watson."
Jetzt ist Watson auch stolz. Doch das Mädchen ist nicht sonderlich beeindruckt.
„I don't believe a word you say!", ruft sie.
Dann fährt sie mit dem Roller davon. Sie glaubt den Jungs kein Wort? Sie wird schon sehen!
Watson und Sherlock gehen hinauf in die Wohnung. Sie müssen ein bisschen umräumen, damit aus dem Wohnzimmer ein Detektivbüro wird.
Dann setzt Sherlock sich an den Schreibtisch. Der Rabe hockt schräg hinter ihm über dem Regal.
„Now the clients can come!", sagt Sherlock zufrieden.
„Ja, jetzt können die Klienten kommen", wiederholt Watson nachdenklich. Kurz darauf klingelt tatsächlich der erste Auftraggeber.

Watson empfängt ihn an der Tür.
„Hello, my name is Mister Clark. Can I talk to the detective? My cat has disappeared!“
Doch als der Mann mit der verschwundenen Katze Sherlock sieht, geht er gleich wieder.
„You're not a detective!“, schimpft er noch.
„You're a kid!“
Sherlock Holmes ist sauer. **„I'm so angry!“**, sagt er danach zu Watson. Auch ein Kind kann doch ein guter Detektiv sein, oder etwa nicht?
Aber auch der nächste Klient macht sich aus dem Staub. Sherlock ist tief betrübt. Watson auch. Er will doch dringend einen Kriminalfall lösen! Aber wenn die Leute Sherlock und ihn sehen, trauen sie ihnen das nicht zu. Da hat Watson plötzlich eine Idee. Begeistert schnipst er mit dem Finger. Im Schlafzimmer der alten Lady hat er einen Paravent gesehen, einen Raumteiler. Den trägt er gleich ins Wohnzimmer und baut ihn vor Sherlocks Platz auf.

„Are you nuts?“, erkundigt Sherlock sich wütend. **„Nobody can see me anymore!“** Watson lacht. „Nein, ich bin nicht verrückt. Und es geht doch genau darum, dass dich niemand mehr sehen kann.“ Fröhlich drückt er Sherlock eine Seifenblasen-Pfeife in die Hand.

„I’m not sure“, murmelt Sherlock.

Doch der nächste Auftraggeber beweist: Es funktioniert! Eine feine, ältere Dame steht aufgeregt vor der Tür. Watson empfängt sie sehr höflich und führt sie in das Zimmer des Meisters. Die Frau ist zunächst ein bisschen verwirrt wegen des Paravents.

„Ein so berühmter Detektiv muss seine Identität geheim halten“, begründet Watson das Versteckspiel. „Sonst spielt er mit seinem Leben! Und wenn ihn jemand erkennt, dann kann er seinen Fall vergessen.“
Das leuchtet der Dame ein.
„My name is Lady Margaret Wellington“, beginnt sie zu erzählen. Sie legt eine Visitenkarte auf den Tisch. **„My valuable ring was stolen while I was sitting in St James's Park!“**
Watson holt einen Block hervor und notiert sich alles: „Wertvoller Ring gestohlen. Opfer saß im St. James's Park.“
Lady Wellington berichtet weiter. Auf der Parkbank müsse sie wohl eingeschlafen sein. Als sie aufwachte, habe der Ring – den sie nach alter Familientradition der Wellingtons immer über dem Handschuh trug – an ihrem Finger gefehlt.
„Very interesting“, murmelt Sherlock hinter dem Paravent.

„And in the middle of my dream I smelled an animal!“, fährt Lady Wellington aufgeregt fort.

Watson schreibt: „Mitten im Traum Tier gerochen.“

„Not a cat or a dog“, schluchzt die Dame.

„It smelled strange. Like a big, wild animal.“

„Nicht Katze, nicht Hund“, notiert Watson.

„Seltsamer Geruch nach großem, wildem Tier.“

„I was robbed by an animal!“, ist sich die Dame sicher. Watson stutzt. Sie ist von einem Tier ausgeraubt worden? Ist die Dame vielleicht ein bisschen wirr im Kopf? Woher will sie überhaupt wissen, wie große, wilde Tiere riechen? Doch dann fällt ihm etwas auf: Lady Wellington weiß tatsächlich genau, wovon sie spricht.

?

Woher weiß Watson, dass die Lady sich mit Tieren auskennt?

Mrs Margaret
Wellington
Zoo Director
retired

EIN FALL FÜR PROFIS

Auf der Visitenkarte der Lady hat Watson es gelesen: eine ehemalige Zoodirektorin! Die weiß natürlich, wie wilde Tiere riechen. Vielleicht ist wirklich etwas dran an ihrer Theorie? Oder hat sie doch nur schlecht geträumt? Jedenfalls ist der Ring weg.
„Warum gehen Sie damit nicht zur Polizei, Lady?“, erkundigt sich Watson.
Hinter dem Paravent räuspert Sherlock sich verärgert. Schließlich will er den Fall selbst lösen. Watson wird rot. Auch er ist natürlich neugierig, wie ein Tier einen Ring klauen kann. Dazu noch ein besonders großes, wildes Tier. Dieses Rätsel muss geknackt werden!
„Of course I talked to the bobbies first!“, gibt Lady Wellington zu. Mit der Polizei hat sie natürlich zuerst gesprochen. Ein großer Menschenauflauf war das!

Doch die Polizisten haben Lady Wellington geraten, noch einmal zu Hause nachzusehen, ob der Ring nicht dort liegt. Offensichtlich haben sie die Dame für etwas vergesslich gehalten.

„Forgetful!? Me!?“, empört sich die Lady.

„That's absolutely outrageous!“

Der Rabe krächzt: **„Outrageous! Outrageous!“**

„Ja, wirklich, das ist unerhört!“, gibt Watson der Lady recht.

„So now I hand over this case to professionals“, sagt Lady Wellington mit einem Seufzer.

Watson wächst vor Stolz glatt ein paar Zentimeter. Die Lady will den Fall jetzt an Profis übergeben. Und damit meint sie Sherlock und ihn!
Einen Moment lang herrscht tiefstes Schweigen im Raum. Nur der Rabe klappert mit seinem Schnabel.
„Ob er auch über den Fall nachdenkt?“, fragt sich Watson.
Lady Wellington holt eine Flasche mit Riechsalz aus ihrer Handtasche und hält sie sich unter die Nase. Offenbar war sie einer Ohnmacht nahe.
Die ganze Sache scheint die alte Dame sehr aufzuregen.
„I need four things“, sagt Sherlock da plötzlich, natürlich mit verstellter Stimme.
Watson ist sehr gespannt. Welche vier Dinge braucht sein Chef?
„First, where has the ring been stolen? Please mark the bench on the map.“
Sherlock sucht und raschelt.

Dann reicht er hinter dem Paravent einen alten Faltplan hervor. Darauf soll die Lady die Bank markieren, auf der sie zum Zeitpunkt des Raubes gesessen hat. Einen Bleistift schiebt Sherlock hinterher. **„You can take this pencil!“**

Lady Wellington knabbert an dem Bleistift herum, gar nicht wie eine Dame. Dabei studiert sie die Karte ganz genau. Schließlich hat sie die Bank gefunden und markiert sie mit einem Kreuz.

Sherlock nickt.

„Second, bring me a photo of the stolen ring“, fährt er fort.

Watson ist beeindruckt. Auf die Idee, ein Foto des Rings anzufordern, wäre er gar nicht gekommen.

Man merkt gleich, dass sein Chef der Nachfahre des berühmtesten Detektivs der Welt ist.

Lady Margaret Wellington lächelt. **„I already have it with me!“**, säuselt sie.

„Third, please leave your address and phone number“, sagt Sherlock.
„I left a business card here“, erwidert die kluge Klientin und deutet auf die Visitenkarte. Auf der Rückseite stehen ihre Anschrift und ihre Telefonnummer.

„And fourth?“, fragt sie. Watson hört seinen Chef tief durchatmen. Scheinbar fällt es ihm sehr schwer, seine vierte Bedingung zu äußern. Drei Sekunden lang ist es still. Dann schlägt **Big Ben** zehn Mal. Sherlock räuspert sich. **„Fourth, I need twenty pounds in advance“**, sagt er dann mit tiefer Stimme. Watson pfeift überrascht durch die Zähne. Zwanzig Pfund Vorschuss! Dafür kann man eine Menge Weingummi kaufen! Lady Wellington lächelt etwas unsicher. **„Sorry, I don't have my purse with me“**, murmelt sie und steht auf, um zu gehen. Angeblich hat sie ihren Geldbeutel nicht dabei. Doch das ist geschwindelt, wie Watson sofort bemerkt. „Schauen Sie doch noch einmal nach. Ich denke, Sie werden ihn finden!“, sagt er.

?

Schau dir die folgende Seite an. Woher weiß Watson, dass die Lady doch Geld dabeihaben muss?

Harrods
Luxury
Fashion

AUF ZUM TATORT!

Nachdem Lady Wellington gegangen ist, starrt Watson lange auf den 20-Pfund-Schein auf dem Tisch. Natürlich hatte sie ihr Geld doch dabei – wie hätte sie sonst auch einkaufen können?

„Wie kann man so geizig sein!“, regt er sich auf. „Und dazu noch so dreist lügen!“

Sherlock Holmes schiebt den Paravent zur Seite.

„Well, I think it was a test!“, sagt er.

Watson ist verblüfft. Ein Test? Natürlich, die Dame wollte seine Beobachtungsgabe prüfen! Dann hat Watson den Test wohl bestanden. Aber erkannt hat er ihn nicht. Es braucht scheinbar doch noch etwas Zeit, bis er ein wirklich brauchbarer Detektiv ist.

„Don’t worry, Watson“, tröstet Sherlock ihn. **„Have some tea!“** Watson soll sich keine Sorgen machen. Sherlock füllt zwei Tassen

mit Schwarztee und kippt etwas Milch hinein.

„Tomorrow morning we'll go and visit St James's Park."

Watson wundert sich. „Morgen früh gehen wir in den Park? Aber morgen ist Montag, da haben wir doch Schule!"

Er denkt an seinen Lehrer. Und Sherlock an seinen. Doch ungewöhnliche Ereignisse erfordern ungewöhnliche Maßnahmen, meint der Detektiv. Die verpassten Stunden werden sie selbstverständlich später nacharbeiten.

„Auf welche Schule gehst du eigentlich?“, will Watson wissen.
„St Matthew’s“, sagt Sherlock. **„Not far from Buckingham Palace.“**
Aha! Sie besuchen dieselbe Schule, gar nicht weit vom Palast der Königsfamilie und vom Park! Watson wusste gleich, dass Sherlock ihm irgendwie bekannt vorkam …

Monday morning. Am folgenden Morgen machen Sherlock und Watson sich zum Tatort auf. Watson hat ein schlechtes Gewissen. Er hat noch nie jemanden angeschwindelt, seinen Lehrer schon gar nicht. Aber der tierische Dieb ist eine Bedrohung für die gesamte Bevölkerung, das geht vor!
„What a lovely day!“, murmelt Sherlock vor sich hin. **„Warm and dry.“**
Ja, heute ist wirklich ein schöner Tag. Warm und trocken. Der Gedanke an den Dieb rückt bei strahlendem Sonnenschein in weite Ferne. Aber die Jungs haben einen Auftrag.

Schon beim Betreten des Parks fallen ihnen die vielen Grauhörnchen auf, die die Spaziergänger aggressiv um Futter anbetteln. Ob die wohl auch Ringe klauen?

„Do they steal rings?“, fragt sich auch Sherlock.

Watson zuckt mit den Schultern. Die Grauhörnchen können mit ihren Pfötchen sehr gut greifen. Größer als Katzen und Hunde sind sie jedoch nicht.

„Do they steal rings?“, grübelt Sherlock noch einmal. **„We'll see.“**

Watson wundert sich. Wie sollen sie denn herausfinden, ob die Tiere wirklich Ringe stehlen?

Aber er schweigt. Sicher hat sein Chef eine Idee.

Die beiden verlassen den Park noch einmal. Vor einem Schmuckgeschäft bleibt Sherlock plötzlich stehen.

„Here we are, Watson“, sagt er leise und lächelt. Watson staunt.

Anscheinend hat der Detektiv wirklich einen guten Plan!
Sherlock tippt mit dem Finger an die Schaufensterscheibe. Watson drückt sich die Nase daran platt.
In der Auslage liegt ein Ring. Der sieht fast so aus wie Lady Wellingtons Exemplar, findet Watson. Dieser hier muss allerdings Modeschmuck sein. Denn er kostet nur zwanzig Pfund.
„Let's go inside", schlägt Sherlock vor und marschiert in den Laden. Watson folgt ihm.
„Good morning, ladies and gentlemen", trompetet Sherlock durch den Laden.
„We'd like to buy this ring!"
Ein Verkäufer kommt angelaufen.
„Ja", bestätigt Watson, „diesen! Diesen Ring dort möchten wir kaufen."
Der Verkäufer holt das Stück aus dem Schaufenster.
„Is it for your grandmum?", erkundigt er sich freundlich bei Sherlock.

Watson dreht sich um und lacht. Nein, für Sherlocks Großmutter ist der nicht gedacht, sondern als Köder für ein klauendes, wildes Tier im Park. Aber das sagt er lieber nicht.

Eine halbe Stunde später sind Sherlock und Watson wieder im Park. Sherlock studiert den Plan, auf dem Lady Wellington die Bank angekreuzt hat.

„It's this one here", stellt Sherlock fest und bleibt bei einer der Bänke stehen. Watson schaut ihm über die Schulter und nickt. Ja, diese Bank muss es sein.

„Und jetzt?", erkundigt er sich.

Sherlock schiebt Watson zur Bank hin.

„Sit down and wait", kommandiert er.

Gehorsam setzt sich Watson, um auf alles Weitere zu warten. Sherlock öffnet das Schmuckkästchen.

„Take the ring and hold it in your hand", erklärt Sherlock seinen Plan.

Also nimmt Watson den Ring und hält ihn in der offenen Hand. Er kommt sich etwas merkwürdig vor. Und dieses Gefühl wird noch stärker, als Sherlock sich entfernt.

Auch ist ihm mulmig, weil seine Schule gar nicht weit von hier ist …

Die Menschen, die vorbeikommen, fangen an, über Watson zu tuscheln.

„Funny guy", kichert ein Mädchen.

Watson sieht sie böse an.

Für so einen komischen Typ hält er sich gar nicht.

„Do you want to sell this ring?“, fragt ein kleiner Junge und sieht sich das Schmuckstück genau an.

Watson schüttelt den Kopf. „Nein, ich will den Ring nicht verkaufen!“, antwortet er gereizt.

Die Grauhörnchen interessieren sich kein bisschen für den Ring. Sie haben Lady Wellington sicher nicht beraubt. Watson gähnt. Nur herumzusitzen und nichts zu tun ist stinklangweilig, findet er.

Wenn er doch wenigstens einen Krimi mitgenommen hätte! Bei den Detektiven in den Büchern ist immer jede Sekunde spannend. Und wo ist eigentlich Sherlock Holmes? Watson sieht sich um. Von seinem Chef fehlt jede Spur.

Im Hintergrund hört Watson Trompeten. Drüben am **Buckingham Palace** läuft die Wachablösung. **The Changing of the Guard.** Watson seufzt. Zu gerne würde er sich das Spektakel ansehen. Aber er muss ja hier sitzen! Die Zeit klebt wie Kaugummi. Die Trompeten verklingen.

Endlich steht Sherlock wieder vor Watson. **„Come on, Watson, we have to leave“**, sagt er. „Jetzt sofort?“, fragt Watson. Sherlock nickt und zieht ihn mit sich. **„Yes, immediately!“**

?

Schau dir die nächsten Seiten an. Warum will Sherlock unbedingt den Park verlassen?

BUCKINGHAM
PALACE

HAARGENAU!

„Phew! That was a close thing!“, japst Sherlock erleichtert, als sie die U-Bahn-Station erreicht haben. Das war echt knapp! Auf einer langen Rolltreppe fahren sie in die Tiefe.

„Wenn die uns erwischt hätten, wäre das übel ausgegangen“, glaubt auch Watson. „Ich habe gar nicht an die Pause gedacht …“ Sherlock hat ihn nämlich mittlerweile aufgeklärt: Im Park waren ihre Lehrer unterwegs! Sherlock nimmt Lady Wellingtons Visitenkarte aus der Manteltasche.

„Let’s visit the old lady in the afternoon“, schlägt er vor. **„But first we’ll have some fish and chips!“**

Fisch und Pommes – das ist ganz nach Watsons Geschmack. Ein guter Vorschlag! Aber die alte Dame zu besuchen, dazu hat er eigentlich keine Lust. Bei seinen eigenen

Großtanten – und es sind viele – langweilt er sich immer fürchterlich!
Doch als sie nachmittags bei der Wellington-Villa ankommen, stockt ihm der Atem.
„**Great!**“, platzt es auch aus Sherlock heraus.
„**Marvellous! Fantastic! Sensational!**“
Hier scheint die Zeit stehen geblieben zu sein. Das Haus sieht wie ein verwunschenes Schloss aus. An den Wänden wächst Efeu empor. Im großen Park der Villa sind allerlei Tiere untergebracht. Und überall stehen uralte Bäume.
„**I'm sure Admiral Nelson planted them**“, grinst Sherlock.
Admiral Nelson war der Held zahlreicher Seeschlachten im 18. Jahrhundert, weiß Watson. Aber ob er die Bäume wirklich gepflanzt hat? Das war sicher ein Scherz. Doch aus seiner Zeit stammen sie bestimmt.
Als Sherlock und Watson sich dem Eingang nähern, öffnet sich die Tür wie von Zauberhand. Ein Butler tritt heraus.

„Sorry, we don’t buy anything“, verkündet er hochnäsig.

„Sie sollen uns auch nichts abkaufen“, widerspricht Watson ihm mutig. „Wir wollen zur Lady. Und wenn Sie uns nicht melden, könnte das unangenehm für Sie werden!“

Der Butler winkt sie herein. Sherlock ist wirklich beeindruckt von seinem Assistenten.

Der Butler lässt Sherlock und Watson im Flur der Villa warten. Auch hier drinnen ist alles wie aus dem vorvorletzten Jahrhundert.

„The paintings, the clocks, the old wood …“, murmelt Sherlock. **„So wonderful!“** Ölgemälde hängen an den Wänden, Pendeluhren ticken, es riecht nach altem Holz. Ein ausgestopfter Eisbär steht mit erhobenen Vorderpfoten vor einer riesigen Holztreppe. Sherlock fühlt sich hier offensichtlich sehr wohl. Sein Mantel und sein Hut passen perfekt in diese herrschaftliche Umgebung.
„I really like this place!“, flüstert er ergriffen.
Im Nachbarraum hört man den Butler murmeln.
Nach einem kurzen Gespräch mit Lady Wellington kehrt er zurück.
„Lady Wellington is expecting you, gentlemen“, verkündet er ein wenig eingeschnappt. Sicher hat er nicht geglaubt, dass seine Chefin zwei Jungen erwartet. Sherlock kann sich ein Grinsen nicht verkneifen, als sie an ihm vorbeigehen. Watson streckt dem Butler sogar die Zunge raus. Aber nur kurz, damit er es nicht sieht.

Der Butler führt die beiden Detektive in das Teezimmer der Lady. Auf dem Tisch stehen eine Kanne und eine Tasse aus feinstem Porzellan.

„Ah, china from China!“, sagt Sherlock und grinst. Watson lacht über den kleinen Witz seines Chefs. Porzellan heißt auf Englisch china, weil die ersten Tassen aus China importiert worden waren.

„Yes“, antwortet Lady Wellington und lächelt höflich. **„But who are you?“**

„I’m Sh …“ Mitten im Satz stoppt Sherlock. Er darf sich ja nicht verraten! Aber welchen Namen soll er jetzt nennen? Sein Gehirn ist wie leer gepustet. Da fällt ihm das Mädchen mit dem Roller ein. **„Shirley …“**, sagt Sherlock und wird dann knallrot.

Die Lady hebt eine Augenbraue. **„Shirley? Isn’t that a girl’s name?“**

Watson merkt sofort, dass er seinem Chef helfen muss.

„Seine Familie ist sehr traditionell“, flunkert er. „Seit 367 Jahren heißt in jeder Generation ein Mädchen Shirley. Mein Freund hier hat allerdings nur sechs große Brüder. Und da er der letzte Nachkomme war, hat er nun diesen Namen bekommen.“

Watson sieht zur Seite. Sherlock wird noch verlegener. „Er trägt den Namen mit Stolz“, fügt Watson schnell hinzu.

„Yes, I do“, stammelt Sherlock. **„I’m proud of it.“**

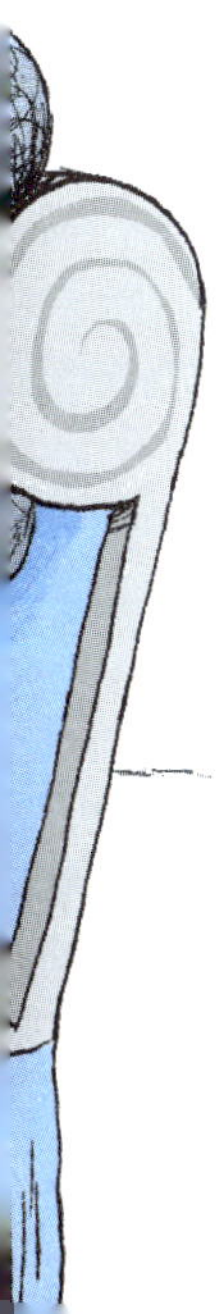

Lady Wellington lässt ihre Augenbraue wieder sinken. **„I love families with tradition!“**, seufzt sie. Watson hat ins Schwarze getroffen! Und damit ist das Thema dann auch gegessen.

Watson erklärt nun, dass Shirley ein Bote des großen Detektivs sei. Aber die Lady hört gar nicht mehr richtig zu.

„Would you like some five o'clock tea and shortbread?“, will sie wissen.

Sherlock nickt sofort. Natürlich will er!

Für Fünfuhrtee und Buttergebäck würde er alles tun.

Mürrisch bringt der Butler zwei weitere Tassen und eine Schale mit den langen, dicken Butterkeksen. Nach der kleinen Stärkung kommt Sherlock gleich zur Sache.

„May I see your gloves?“, bittet er. Sherlock möchte die Handschuhe sehen. **„The ones you wore on the day of the robbery.“** – Natürlich diejenigen, die die Lady am Tag des Diebstahls getragen hat.

Mit einer Lupe untersucht Sherlock die Handschuhe.
Watson schnüffelt an ihnen herum. Aber er riecht nur Waschpulver.
„Did you wash them?“, hakt Sherlock nach.
„Of course not!“, antwortet Lady Wellington eingeschnappt. **„My butler did.“**
Watson grinst. Natürlich war es der Butler, der die Handschuhe gewaschen hat.
Die vornehme Lady kann sicher eine Waschmaschine nicht von einer Mikrowelle unterscheiden. Sie hatte ihr Leben lang Bedienstete für so niedere Arbeiten wie Abspülen oder Aufräumen.

„We'll go back to the crime scene", sagt Sherlock Holmes und steht auf. Er hat keine Hinweise auf das Tier an den Handschuhen entdecken können.
Watson macht es ihm nach. Sie müssen noch einmal an den Tatort zurück – in den **St James's Park** am **Buckingham Palace**.
In der U-Bahn ist Sherlock sehr schweigsam. Er grübelt über die Lösung des Falles nach. Und wie sie endlich einen Schritt weiterkommen. Bisher haben sie nichts in der Hand. Nur die Geschichte einer schrulligen Lady.
Im Park angekommen, müssen Sherlock und Watson erst eine ganze Weile warten. Die Tatort-Bank ist besetzt. Von einem Liebespaar. Und das will ganz offensichtlich noch nicht gehen.
Endlich steht das Paar doch auf und verschwindet eng umschlungen.
Sherlock marschiert eilig auf die Bank zu.

„Was wollen wir denn schon wieder hier?“, nörgelt Watson. Langsam wird er müde. Seit dem frühen Morgen sind sie nun schon auf den Beinen. Sein Magen knurrt. Außerdem muss er noch die Hausaufgaben für Biologie machen.
„We have to search for a hint“, murmelt Sherlock Holmes, der Fünfte.
Sie müssen nach einem Hinweis suchen? Um diese Zeit? Es ist doch schon kurz nach sieben und es wird bereits dunkel. Doch von solchen Kleinigkeiten lässt ein großer Detektiv sich nicht abschrecken. Aus einer Tasche des Mantels holt Sherlock eine Lupe hervor. Aus einer anderen kramt er eine Taschenlampe.
„Take this, Watson!“, kommandiert er und drückt sie ihm in die Hand. Als Watson sie nimmt und für ihn leuchtet, geht Sherlock auf die Knie. Im Lichtkegel der Lampe sucht der Detektiv jeden Grashalm mit der Lupe ab. Das dauert natürlich eine Ewigkeit.

Es wird viertel nach sieben, halb acht, viertel vor acht und acht.

Hin und wieder sieht der Meisterdetektiv auf die Uhr und murmelt:

„A quarter past seven …“ „Half past seven …“ „A quarter to eight …“ „Eight o'clock …“

Aber er gibt seine Suche nicht auf.

„I can feel it“, murmelt Sherlock. **„I'll find that hint today!“**

Watson seufzt. „Hast du nicht auch die genaue Stelle im Gefühl, an der du diesen Hinweis finden wirst?“, fragt er, doch Sherlock antwortet ihm nicht. Erst um viertel nach acht jubelt der Detektiv los. **„I've found it!“**, posaunt er heraus. **„The lady's nose is excellent!“**

Warum glaubt Sherlock, dass die Nase der Lady ganz exzellent ist? Was für einen Hinweis hat er gefunden?

TIERISCHE ÜBERRASCHUNG

„Look at this!", jubelt Sherlock. **„Tufts of black hair!"**

Mittlerweile ist es schon sehr dunkel. Also muss Watson sich weit hinunterbeugen, bis er sieht, was sein Freund ihm hinhält. Es sind tatsächlich Büschel schwarzer Haare! **„The hair is not from a dog and not from a cat"**, bestätigt Sherlock die Aussage von Lady Wellington. **„But from which animal is it?"**

Watson zuckt mit den Schultern. Tja, von welchem Tier stammen die Haare denn nun?

„We need to ask an expert", beschließt Sherlock.

Watson nickt. „Ja, wir müssen einen Experten fragen", stimmt er zu. „Aber nicht mehr heute. Und auch nicht morgen früh. Da gehe ich in die Schule!" Dann fügt er schnell noch ein zaghaftes „Okay?" hinzu.

Sherlock lacht. **„Yes, my fearless friend!"**

Kurz ist Watson eingeschnappt. Nimmt Sherlock ihn auf den Arm oder hält er Watson wirklich für furchtlos?
Sherlock zwinkert ihm zu. Watson knufft ihn in die Seite.
Sherlock ist wirklich der beste Freund, den er jemals hatte.
Schweigend gehen die beiden an der Themse entlang nach Hause. Mit der U-Bahn wäre es bedeutend schneller gegangen. Aber leider haben sie ja den gesamten Vorschuss der Lady für den Ring ausgegeben. Und eigenes Geld haben sie jetzt auch nicht mehr.

Tuesday. Am Dienstag geht Watson also ganz normal zur Schule. Doch so sehr er sich auch anstrengt, er kann sich einfach nicht auf den Unterricht konzentrieren. Immer muss er an den Fall denken. Was für ein Tier klaut denn bitteschön Ringe? Eine Elster vielleicht? Die ist zwar auch schwarz, aber Haare hat sie wohl eher nicht.
Nach unendlich langer Zeit ist die Schule vorbei. Watson läuft schnell nach Hause, um noch etwas zu essen. Um kurz vor vier ist er schon mit Sherlock verabredet – im Detektivbüro.
„Good afternoon, my friend“, begrüßt Sherlock ihn. Er sitzt am Wohnzimmertisch und trinkt Tee. Vor ihm, in einer durchsichtigen Tüte, liegen die Haare aus dem Park. Mortimer, der Rabe, krächzt: **„Good morning, good afternoon, good evening, good night.“**
Watson atmet tief durch. Er hat sich ganz schön beeilen müssen!

„Wo ist denn nun der Experte?“, fragt er dann. **„The expert is not here“**, antwortet Sherlock. **„We’ll go and meet him later.“**

Watson ist ein bisschen enttäuscht. Sie treffen den Experten erst später! Insgeheim hat er gehofft, der Mann würde schon hier in der Wohnung auf ihn warten. Er kann diese Ungewissheit einfach nicht mehr aushalten! Sherlock Holmes lächelt. Er ist eben ein super Detektiv und durchschaut seinen Assistenten sofort. **„A detective needs patience“**, sagt er schmunzelnd.

„Patience!“, wiederholt Mortimer. **„A little patience!“**

Mürrisch nickt Watson. Ein Detektiv braucht Geduld, ja! Und die hat er doch auch! Meistens. Aber ein bisschen schneller dürfte es schon gehen.

Der Rabe flattert auf den Tisch und pickt nach einem Keks. Nachdem er seinen Tee ausgetrunken hat, steht Sherlock auf und zieht den Mantel an.

Die Tüte mit den Haaren steckt er in die Tasche. Bevor sie die Wohnung verlassen, ermahnt er noch den Raben: **„Mortimer, please be a good raven!“**

„Aye, sir! Mortimer is always a good raven!“, sagt das Tier.

Watson lacht. Doch dann wird er schnell wieder ernst. Von welchem Tier stammen nur die Haare? Von einem Dachs? Einem Waschbären?

Nach einem halbstündigen Fußmarsch betreten die beiden Detektive das **Natural History Museum.** Das Naturhistorische Museum von London ist eines der größten der Welt, weiß Watson.

Wenn die ihnen hier nicht sagen können, woher die Haare stammen, dann nirgendwo auf der Welt.

Zielstrebig steuert Sherlock einen Raum im Untergeschoss des Museums an. Es ist das Büro von Professor Matt Jenkins. Laut Schild ist er **Expert for mammals**.

„Ah!", denkt Watson. „Ein Experte für Säugetiere, hier sind wir richtig!"

Schon klopft Sherlock. **„Come in!"**, ertönt es von drinnen.

Sherlock drückt die Klinke herunter und tritt ein. Watson folgt ihm.

Der Raum ist voll von Geräten und ausgestopften Tieren.

Der Detektiv sieht sich um und murmelt:

„A hamster, a rabbit, a guinea pig …"

Watson folgt seinem Blick. Ein Hamster, ein Kaninchen, ein Meerschweinchen …

Er nickt. Dann kreischt er auf. Hinter einem Glas mit einem zusammengerollten Igel kommt ein Kopf zum Vorschein.

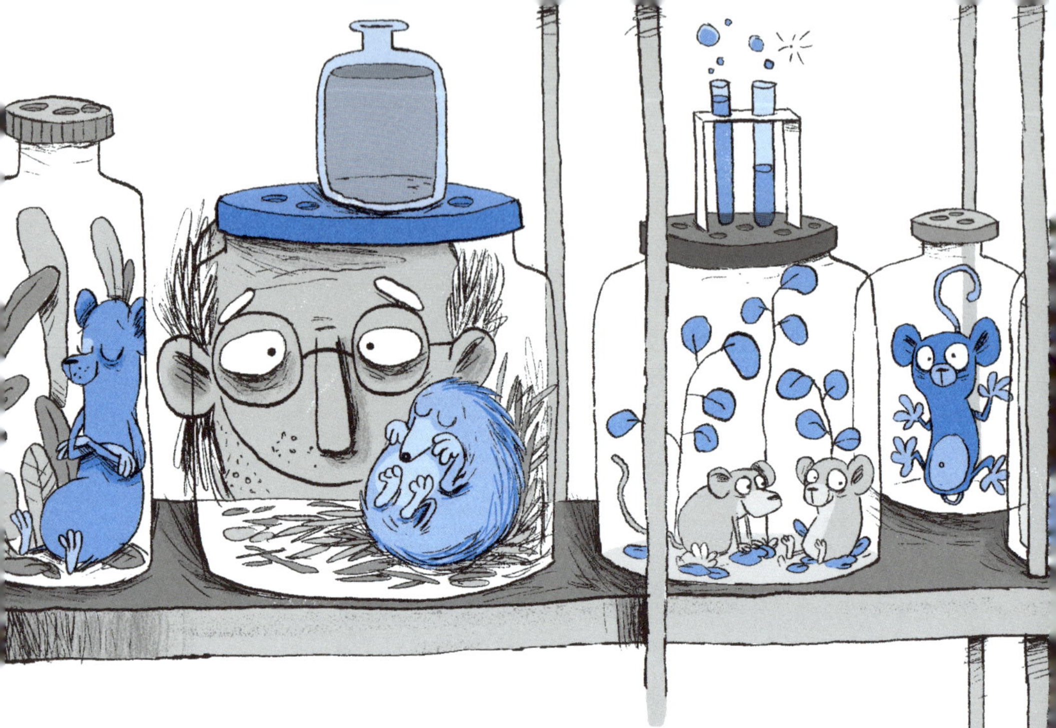

Sherlock sieht über den peinlichen Vorfall hinweg. **„My name is Sherlock Holmes“**, stellt er sich vor. **„Yes, exactly. Sherlock Holmes. Like the famous detective.“**
Er schüttelt dem Mann mit den wirren Haaren die Hand. **„And this is my assistant Watson. Are you Professor Jenkins?“**
„Yes, I'm Professor Jenkins, expert for mammals.“
„Perfect“, sagt der Detektiv. Er holt das Tütchen mit den eingesammelten Haaren aus der Tasche.

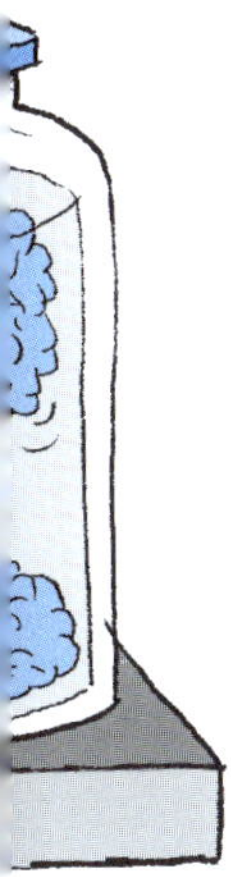

Professor Jenkins nimmt es vorsichtig entgegen, fast so, als wären die Haare aus Glas. Dann zieht er eine Schublade auf und holt eine Pinzette hervor. Er packt eines der Haare und hält es gegen das Licht seiner Schreibtischlampe.
„**Black, long, thick**“, nuschelt er in sich hinein.
„**This is not the hair of a human being.**“
Sherlock und Watson nicken sich zufrieden zu. Schwarz, lang, dick – von einem Menschen stammt es wie vermutet nicht.
Professor Jenkins legt das Haar nun unter ein großes Mikroskop. An den Rädchen stellt er das Bild scharf. „Warum dauert das denn so lange!“, schimpft Watson still in sich hinein.
„**I have a guess**“, murmelt der Experte.
Watson sieht auf seine Uhr. Immerhin, eine Vermutung hat der Mann schon mal.
„**It’s the hair of a mammal**“, fügt er hinzu.
Watson verdreht genervt die Augen. Natürlich ist es von einem Säugetier! Fische haben nun mal keine Haare!

Nun verschwindet Jenkins in einem kleinen Nebenräumchen. Die Tür ist angelehnt. Die Jungs hören es klirren und scheppern. Der Professor hantiert mit allerlei Dingen. Dann wird es eine Weile still.

„It's the hair of a bear!“, ruft der Experte schließlich.

„Das Haar stammt von einem Bären?“, entfährt es Watson. Ein Schauer läuft ihm über den Rücken. Mitten in London tapst ein wilder Bär durch die Parks!

„Yes, from a black bear, to be precise“, fügt Jenkins hinzu. Ganz genau gesagt stammt es also von einem Schwarzbären. Wieder Geschepper, wieder Schweigen. Eine Minute vergeht, zwei Minuten, drei Minuten. **„One minute“**, zählt Sherlock ungeduldig mit. **„Two minutes. Three minutes.“** Irgendwann gibt er es auf.

„Sind Sie noch da?“, ruft Watson schließlich. Und endlich hört man ein Lebenszeichen vom Professor:

„I don’t believe this!“, stottert er.

„Was können Sie nicht glauben?“, will Watson wissen. Doch der Experte ist viel zu aufgeregt. Er stürmt an den beiden vorbei und zerreißt dabei einen Zettel, auf den er offenbar gerade ein paar Worte gekritzelt hat. Mit wehendem Haar verlässt er das Labor.

?

Schau dir die nächste Seite an. Was hat der Professor Schockierendes herausgefunden?

ican black
more than
is
This Amer
bear
years old
one hundred

EINE REIZENDE ALTE DAME

Wednesday. Auch am folgenden Tag, einem Mittwoch, kann Watson es noch nicht glauben: Der Schwarzbär, der im Park alte Damen ausraubt, soll über hundert Jahre alt sein! So stand es auf dem Zettel des Professors.

Nach der Schule geht Watson wieder ins Detektivbüro. Mortimer hockt auf dem Regal und begrüßt ihn fröhlich: **„How are you, my friend?“**

Watson lächelt bitter. „Wie es mir geht?“, grummelt er. „Ich habe die ganze Nacht von einem riesigen Schwarzbären geträumt, der mich überfällt. Nie wieder setze ich auch nur einen Fuß in den **St James’s Park**!“

Sherlock lacht. **„Oh, you will!“**, widerspricht er. **„We’ll go to the park on Saturday.“**

„Go to the park on Saturday“, plappert Mortimer nach.

„Wir gehen Samstag wieder in den Park?“, denkt Watson. Was hat Sherlock bloß vor? Der Detektiv verschwindet jetzt im Schlafzimmer der alten Dame. Es poltert ein paarmal, dann taucht er mit einem Arm voller Kleider wieder auf.
Watson staunt. Was soll das denn jetzt?
„You’re our old lady!“, sagt Sherlock bestimmt. Na, bravo! Watson soll eine alte Dame sein? Was redet sein Freund da für einen Unsinn?

Sherlock lächelt geheimnisvoll. **„Wait and see“**, flüstert er. **„A detective needs patience!“**
Watson rollt mit den Augen. Abwarten ist genau das, was er nicht besonders gut kann.
Nach und nach aber verrät Sherlock doch noch, was in seinem Detektivgehirn vor sich geht. Er glaubt an zwei alte Kriminalistenregeln.
Erstens: Der Täter kehrt immer wieder an den Tatort zurück. **„The criminal always returns to the crime scene.“**
Und zweitens wird er bei gleicher Gelegenheit wieder zuschlagen, wenn seine Masche Erfolg hatte. **„He'll do it again!“**
Also?
„All we need is another old lady with a ring“, sagt Sherlock schmunzelnd.
„Try them on!“, sagt er und hält Watson die Kleider hin.
Langsam dämmert es Watson.
Er soll den Köder für den Bären spielen!

„Ich soll die Kleider anprobieren?“, poltert er los.
Mortimer krächzt. Ist das ein Lachen?
Aber Sherlock nickt tatsächlich. Das gefällt Watson gar nicht.
Er wehrt sich mit Händen und Füßen.
Aber schließlich hat Sherlock ihn so weit.
Watson zieht die Kleider an.
„Ich habe aber Angst vor dem Bären“, stammelt Watson.
Unbeholfen streicht er das Kleid glatt.
Er kommt sich mehr als doof vor.
„You don't have to“, beschwichtigt Sherlock ihn. **„Read everything about black bears.“**
Watson zieht das Kleid fürs Erste wieder aus.
Er soll alles über Schwarzbären lesen?
Warum das? Doch Sherlock besteht auf der Recherche.

„And I'll check if there's a circus in town“, fügt er hinzu.

Ob ein Zirkus in der Stadt ist? Mit einem dressierten Bären vielleicht?

Watson gefällt der Plan seines Chefs immer weniger. Doch das ist wohl das Los eines Assistenten. Er muss tun, was sein Boss sagt.

„But first, I'll call Lady Wellington“, sagt Sherlock und ist schon am Telefon.

Abwesend kritzelt er bei dem Telefonat einige Worte und Zahlen auf einen Zettel, um die Tatzeit näher einzugrenzen.

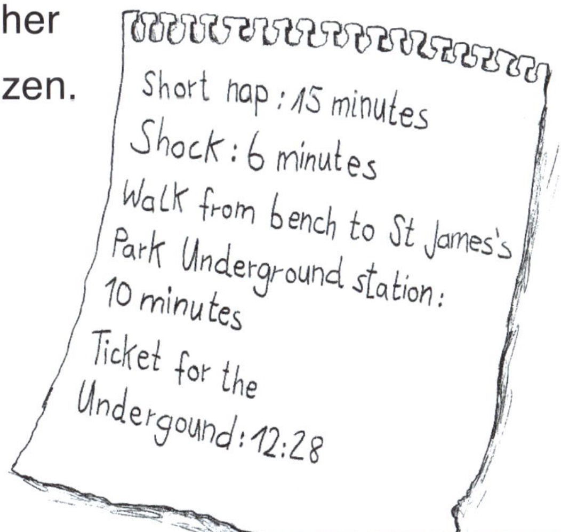

Um welche Uhrzeit bemerkte Lady Wellington den Diebstahl?

BÖSES ERWACHEN: 12 UHR 12

Wednesday evening and night. Den ganzen Mittwochabend recherchiert Watson, bis tief in die Nacht hinein. Aus der Bücherei hat er sich jede Menge Bücher geholt. Dazu ein paar Zeitschriften. Im Schein seiner Schreibtischlampe liest er, bis ihm fast die Augen zufallen. Alles, was er über Schwarzbären herausfindet, schreibt Watson sich aus den englischen Büchern heraus.

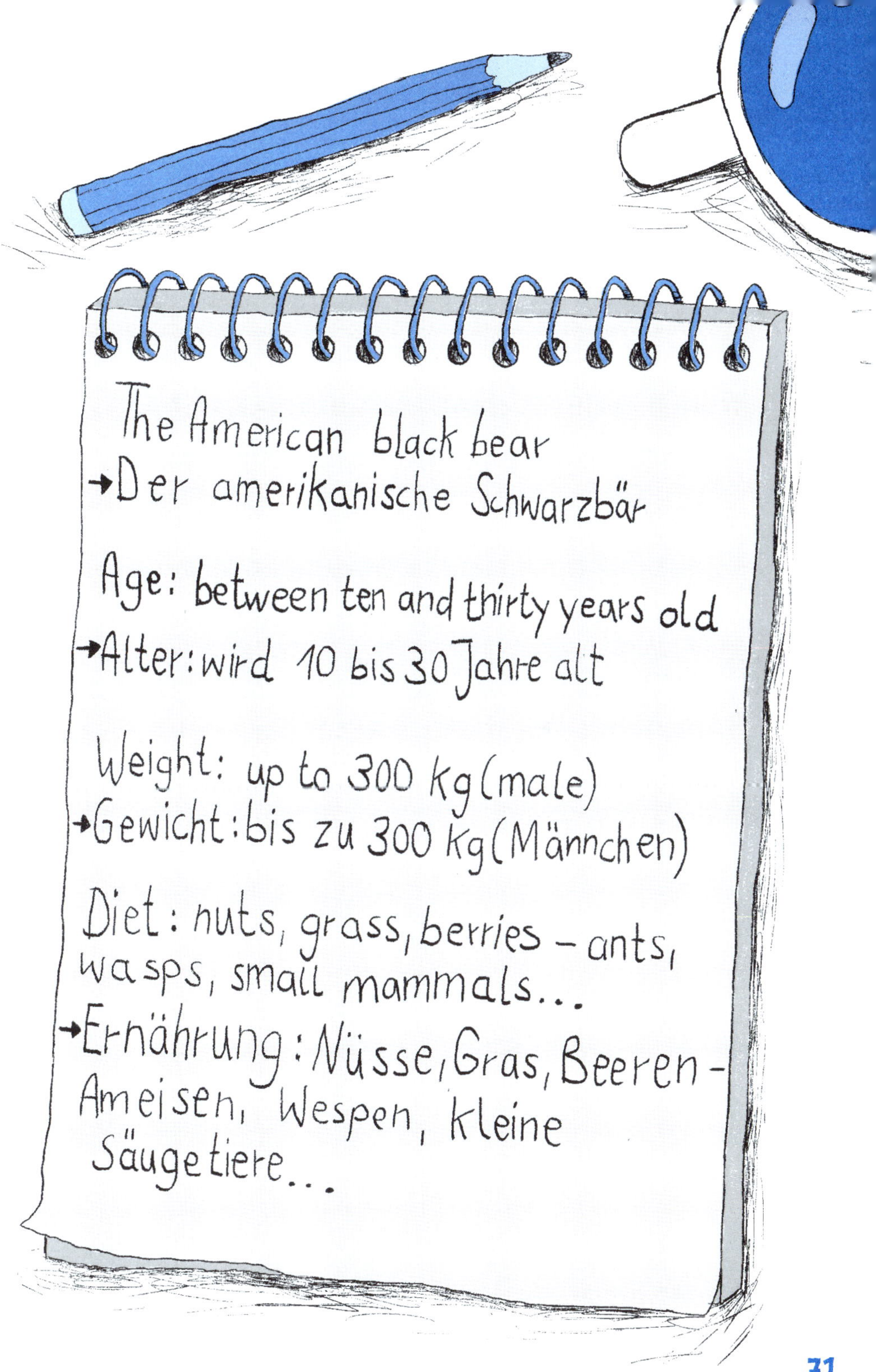
The American black bear
→Der amerikanische Schwarzbär
Age: between ten and thirty years old
→Alter: wird 10 bis 30 Jahre alt
Weight: up to 300 kg (male)
→Gewicht: bis zu 300 kg (Männchen)
Diet: nuts, grass, berries – ants, wasps, small mammals...
→Ernährung: Nüsse, Gras, Beeren – Ameisen, Wespen, kleine Säugetiere...

Nachdenklich lehnt Watson sich in seinem Stuhl zurück. Menschenfresser scheinen Schwarzbären nicht zu sein. Und hundert Jahre alt wird auch keiner von ihnen. Es muss also ein anderes Geheimnis hinter dem Bären von London stecken. Nur welches?
Watsons Angst verschwindet allmählich ein wenig. Es scheint etwas an dem alten Spruch dran zu sein: Je weniger man weiß, desto mehr muss man fürchten. Er weiß nun eine ganze Menge über Schwarzbären. Nirgendwo hat Watson einen Hinweis gefunden, dass sie Schmuck klauen. Irgendwann schläft er ein.

Thursday and Friday. An den beiden folgenden Tagen denkt Watson nur an Bären und Ringe. „Wie hängt das alles zusammen?“, fragt er sich immer wieder. Doch ihm kommt kein Geistesblitz. Wahrscheinlich hat Sherlock recht: Sie müssen es ausprobieren.

Nachdenken allein bringt die beiden Detektive in diesem Fall nicht weiter.
Abends kann er immer nur mit Licht einschlafen, wie ein Kleinkind. Die Schatten im Flur sehen sonst zu sehr nach wilden Bären aus.

Saturday morning. Am Samstagmorgen wird Watson früh wach. Um viertel nach fünf. Viel früher als sonst, wenn er in die Schule muss. Mit Sherlock ist er erst um zehn Uhr verabredet. Also versucht Watson noch einmal einzuschlafen. Doch es gelingt ihm nicht. Bis acht Uhr wälzt er sich im Bett hin und her. Dann steht er auf. Weil seine Eltern noch schlafen, macht Watson sich selbst Frühstück.

Zurück in seinem Zimmer, liest er in seinem Krimi weiter. **A Small Robbery in a Big Country.** Ein kleiner Raub in einem großen Land. Aber Watson kann sich einfach nicht auf die Geschichte konzentrieren. Um kurz vor zehn läuft er los.

Im Detektivbüro wartet Sherlock bereits.

„**Good morning, Lady Watson**“, scherzt er. Mortimer nagt an einem Keks und gibt ein Geräusch von sich, das wie ein Lachen klingt. Watson streckt ihm die Zunge raus. Im Schlafzimmer der Lady zieht er sich das Kleid über. Sherlock setzt ihm noch einen Hut auf.

„**Take these gloves, too**“, empfiehlt er.

So gehen sie auf die Straße – und natürlich treffen sie Shirley mit dem Roller.

„**You look strange!**“, sagt Shirley und schüttelt den Kopf. „**Why do you wear these funny clothes?**“

Watson wird rot. Er will Shirley genau erklären, warum er diese lustigen Kleider trägt. Wegen einer Party.

Doch Sherlock kommt ihm zuvor.

„We're detectives", sagt er. **„Today we'll catch a thief."**

Shirley fällt der Lutscher aus dem Mund.

„I don't believe you!", antwortet sie. Aber ihre Augen funkeln ein bisschen neidisch dabei.

Auf dem Weg in den **St James's Park** bleiben mehrere Kinder stehen und zeigen auf den verkleideten Watson. Ihre Eltern ziehen sie immer schnell weiter.

„Ich habe mich noch nie so doof gefühlt", murmelt Watson.

„You should be proud“, widerspricht Sherlock Holmes, der Fünfte. **„You're doing it for the people of London!“** Nein, stolz ist Watson nicht, auch wenn er es ja irgendwie wirklich für die Menschen in London tut. Ein kleines bisschen besser fühlt es sich nun schon an.

Zum Glück ist die Bank im Park diesmal frei. Um 11:24 Uhr nimmt Watson darauf Platz. Von Weitem kann er die Musik der Wachablösung hören. Sherlock untersucht die Umgebung.
„The grass is wet“, stellt er fest. **„It rained yesterday.“**
Ja, wegen des Regens gestern ist das Gras rundherum noch nass. Neue Bärenhaare findet Sherlock nicht. Watson fällt ein Stein vom Herzen. Er steckt sich den Ring an den Finger. Über den Handschuh natürlich, genau wie Lady Wellington.

„Now close your eyes“, kommandiert Sherlock. **„Just like Lady Wellington did.“** Watson gehorcht. Genau wie Lady Wellington schließt er die Augen. Auch wenn er große Angst hat.

„I'll take care of you“, verspricht Sherlock Holmes. **„Don't be afraid.“**

Da geht es Watson gleich besser. Wenn ein guter Freund auf einen aufpasst, kann doch eigentlich nichts passieren, oder?

Seine Hand mit dem Ring legt Watson auffällig auf die Banklehne. Dann gähnt er. Nun merkt er erst, wie müde er ist. Warum musste er auch so superfrüh aufwachen? Um genau 12:12 Uhr erwachte die Lady und stellte fest, dass ihr Ring verschwunden war. „Das ist ja noch ein Weilchen hin“, denkt Watson. „Da kann es ja nicht schaden, wenn ich wirklich ein kurzes Nickerchen mache.“ Doch Watson schläft richtig tief ein. Im Traum sieht er einen Bären auf sich zukommen. Und er nimmt einen strengen Geruch wahr. Noch im Halbschlaf spürt Watson, wie eine grobe Hand ihm den Ring vom Finger zieht. Der Bär hat wieder zugeschlagen! „Nicht in die Augen sehen!“, durchzuckt es Watson. Diese Warnung stand in allen Berichten über Bärenangriffe. Als Watson sich endlich traut, die Augen aufzumachen, sieht er nur die Blätter im Gebüsch hinter sich zittern. Und auf seinem Handschuh findet er ein paar Bärenhaare.

„Haltet das Vieh!“, brüllt Watson. Sherlock ist sofort bei ihm. Dummerweise war er im entscheidenden Moment abgelenkt und hat nichts gesehen. Ein Luftballonverkäufer wollte ihm unbedingt einen Ballon andrehen. Sherlock flucht. **„The bear has disappeared!“**

Aber ganz verschwunden ist der Bär nicht. Zumindest seine Fußspuren sind noch zu sehen.

Schau dir die nächsten Seiten an.
Wohin ist der Bär von London geflohen?

BUCKINGHAM PALACE

DER BÄR VON LONDON

Sherlock und Watson folgen den Spuren des Bären durch den Park. Wie Bärentatzen sehen sie eigentlich nicht aus, findet Watson. Die Spuren führen direkt zum **Buckingham Palace**. Doch sie stoppen nicht am Tor, auf der anderen Seite gehen die Spuren weiter.
Will der Bär nun auch die Königsfamilie ausrauben?
Sherlock kombiniert. **„Watson!“**, sagt er mit bedeutungsvoller Stimme. **„Now we’re going to catch the bear of London!“**
Er lächelt. Watson weiß sogleich, dass Sherlock die Lösung des Falles bereits kennt. Nicht nur er selbst hat nächtelang recherchiert, sein Chef hat das auch getan. Sherlock zeigt auf die Wachen am Eingang. **„Do you see the hats?“**, fragt er seinen Assistenten.

Watson nickt. Die Hüte der Wachen sind wirklich nicht zu übersehen.

„So blind bin ich nun auch nicht“, erwidert er leicht mürrisch. „Die sind doch total hoch!“

„And do you know the name of the hats?“, hakt Sherlock weiter nach.

Heißen die Mützen nicht einfach „Mützen“? Nein, Watson kennt ihren Namen nicht …

„They're called bearskin hats“, verkündet Sherlock triumphierend.

Da endlich schnallt es auch Watson.

„Die Ringe wurden gar nicht von einem Bären gestohlen!“, platzt es aus ihm heraus.

„Sondern von einem Mann mit Bärenfellmütze!“

Sherlock ist stolz auf seinen Assistenten, das sieht Watson. Er hat den Fall fast alleine gelöst. Sherlock hat nur ein bisschen bohren müssen.
„Some of the hats are very old. More than one hundred years“, hat Sherlock recherchiert. Watson hätte nicht gedacht, dass einige der Bärenfellmützen über hundert Jahre alt sind!
„Jetzt müssen wir den Dieb aber noch überführen“, sagt er.

Sherlock nickt nachdenklich. Doch als eine Reihe von Wachen aus dem Palast marschiert, klatscht er in die Hände. **„One of these men is the thief“**, glaubt er. Watson sieht ihn ungläubig an.

?

Woher weiß Sherlock, dass eine dieser Wachen der Dieb ist?

Dann geht alles blitzschnell. Sherlock drängt sich durch das Tor und stellt dem Mann mit der nassen Hose ein Bein. Der Mann fällt der Länge nach hin. Seine Bärenfellmütze rutscht ihm vom Kopf. Und der Ring kullert auf den Boden – mit drei weiteren Schmuckstücken. Plötzlich sind zwei Polizisten bei Sherlock und halten ihn fest. Doch nur kurz, denn der Meisterdetektiv redet hektisch auf sie ein.
„This man is a thief!“, brüllt Sherlock.
Watson hört nicht, was die Polizisten antworten. Doch als sie den Schmuck sehen, nehmen die Bobbys statt Sherlock den räuberischen Wachmann fest. Es gibt einen Riesentumult direkt vor dem Palast. Sogar die Queen schaut kurz aus dem Fenster.
Bei einer anschließenden Hausdurchsuchung finden die Polizisten jede Menge Diebesgut in der Wohnung des Wachmanns. Darunter auch Lady Wellingtons Ring. Sie berichten den Detektiven, dass der Mann allem Anschein nach seine Spielsucht finanzieren wollte.

Darum unternahm er während seines Dienstes immer wieder kleine Ausflüge in den Park. Dabei wurde er immer dreister.
Gemeinsam mit den Polizisten bringen die Jungs der Lady ihren Ring zurück. Sie ist so glücklich, dass sie ihrem Butler ohnmächtig in die Arme sinkt. Der Butler errötet. Zum Glück dauert die Ohnmacht nur kurz.
Wieder zu sich gekommen, dankt sie den zwei Detektiven überschwänglich. Auch wenn sie die beiden nur für die Assistenten des großen Sherlock Holmes hält.
„Thank you so much!“, stammelt Lady Wellington aufgeregt. **„You are wonderful!“**
Sherlock wird ein bisschen rot.
„How much do I have to pay?“, will die Lady noch wissen.
Hundert Pfund? Tausend? Watson denkt an all die Krimis, die er sich für ihr Honorar kaufen kann. Doch Sherlock winkt ab.
„The honour is enough!“, sagt er großzügig.

Die Ehre ist ihm Bezahlung genug?
Schade …
Und dann wird ein Traum für Watson wahr.
Die Polizisten bringen die Jungs mit Blaulicht zurück zum Detektivbüro. Vor der Tür steht Shirley und hält den Kopf schief.
„Are you the thieves?“, will sie wissen.
Watson und Sherlock schütteln die Köpfe.
„Nein“, antwortet Watson stolz. „Wir haben den Dieb gefangen und den Fall gelöst!“
Shirley steigt auf ihren Roller.
„I don't believe you!“, ruft sie und rollert davon.
Watson ruft ihr hinterher: „Diesmal können wir es dir nicht beweisen. Aber beim nächsten Fall, da wirst du schon sehen!“

GLOSSARY – GLOSSAR

Englisch anhören unter: www.youtube.com/watch?v=vtw8T5K-SGI

4	Saturday afternoon.	Samstagnachmittag.
4	Big Ben	Big Ben heißt die schwerste Glocke des Westminster-Palastes. Auch die Turmuhr bzw. der Turm werden so genannt. Man nennt den Glockenschlag auch die „Stimme Londons“.
4	Palace of Westminster	Im Palace of Westminster sitzt die britische Regierung.
4	Help!	Hilfe!
5	Murder in the Dark	Mord im Dunkeln
5	Do you like crime stories?	Magst du Krimis?
6	My name is Sherlock Holmes.	Mein Name ist Sherlock Holmes.
6	Yes, exactly. Sherlock Holmes. Like the famous detective.	Ja, genau. Sherlock Holmes. Wie der berühmte Detektiv.
6	Help! Help!	Hilfe! Hilfe!
7	A bobby?	Einen Polizisten? („Bobby“ ist in England ein Spitzname für einen Polizisten.)
7	Pistols and knives? Let's hurry up then!	Pistolen und Messer? Dann lass uns uns beeilen!
7	I'm all alone!	Ich bin ganz allein!
7	I have a picklock!	Ich habe einen Dietrich!
8	You're too late!	Ihr seid zu spät!
8	Let's go in!	Lass uns reingehen!
9	Pop!	Peng!
9	Be careful!	Seid vorsichtig!
9	Come on! I'm with you.	Komm schon! Ich bin bei dir.
9	I'm here!	Ich bin hier!
9	I'm going inside now.	Ich gehe jetzt hinein.
9	Like old cheese.	Wie alter Käse.
9	I'm here!	Ich bin hier!
10	Good morning!	Guten Morgen!
11	Right. A table, a sofa, a chair.	Richtig. Ein Tisch, ein Sofa, ein Stuhl.
11	Hello, my dear!	Hallo, mein Schatz!
12	I'm so hungry! And I'm lonely!	Ich bin so hungrig! Und ich bin einsam!

12	Congratulations! Today's your lucky day!	Herzlichen Glückwunsch! Heute ist dein Glückstag!
12	I'll call you Watson.	Ich werde dich Watson nennen.
14	Sunday morning.	Sonntagmorgen.
14	The flat belongs to a widow. The old lady is always travelling. And the raven is all alone.	Die Wohnung gehört einer Witwe. Die alte Dame ist immer auf Reisen. (wörtlich: reist immer) Und der Rabe ist ganz allein.
15	Exactly!	Genau!
15	I haven't solved any case yet! Because I don't have an office!	Ich habe noch keinen Fall gelöst! Weil ich kein Büro habe!
15	It's hard to find …	Es ist schwierig zu finden …
16	I already have a sign.	Ich habe schon ein Schild.
16	Sherlock Holmes, the Fifth Detective Agency I solve all criminal cases.	Sherlock Holmes, der Fünfte Detektivagentur Ich löse alle Kriminalfälle.
16	Well. That's my plan.	Nun. Das ist mein Plan.
17	Fix the sign, please.	Bring das Schild an, bitte.
17	Hi Shirley, how are you?	Hi Shirley, wie geht es dir?
17	You look strange! Are you a detective now?	Du siehst seltsam aus! Bist du jetzt ein Detektiv?
18	Yes, I'm a detective. And this is my assistant Watson.	Ja, ich bin ein Detektiv. Und das ist mein Assistent Watson.
18	I don't believe a word you say!	Ich glaube kein Wort von dem, was du sagst!
18	Now the clients can come!	Jetzt können die Klienten/Kunden kommen!
19	Hello, my name is Mister Clark. Can I talk to the detective? My cat has disappeared!	Hallo, mein Name ist Herr Clark. Kann ich mit dem Detektiv sprechen? Meine Katze ist verschwunden!
19	You're not a detective! You're a kid!	Du bist kein Detektiv! Du bist ein Kind!
19	I'm so angry!	Ich bin so sauer!
20	Are you nuts? Nobody can see me anymore!	Bist du verrückt? Niemand kann mich mehr sehen!
20	I'm not sure.	Ich bin mir nicht sicher.
21	My name is Lady Margaret Wellington.	Mein Name ist Lady Margaret Wellington.

21	My valuable ring was stolen while I was sitting in St James's Park!	Mein wertvoller Ring wurde gestohlen, während ich im St. James's Park saß! (St. James's Park liegt vor Buckingham Palace.)
21	Very interesting.	Sehr interessant.
22	And in the middle of my dream I smelled an animal!	Und mitten in meinem Traum roch ich ein Tier!
22	Not a cat or a dog. It smelled strange. Like a big, wild animal.	Nicht eine Katze oder einen Hund. Es roch seltsam. Wie ein großes, wildes Tier.
22	I was robbed by an animal!	Ich wurde von einem Tier bestohlen!
23	Zoo director retired	Zoo-Direktorin im Ruhestand
24	Of course I talked to the bobbies first!	Natürlich habe ich zuerst mit den Polizisten gesprochen!
25	Forgetful!? Me!? That's absolutely outrageous!	Vergesslich!? Ich!? Das ist absolut unverschämt!
25	Outrageous! Outrageous!	Unverschämt! Unverschämt!
25	So now I hand over this case to professionals.	Also übergebe ich den Fall jetzt an Profis.
26	I need four things.	Ich brauche vier Dinge.
26	First, where has the ring been stolen? Please mark the bench on the map.	Erstens: Wo wurde der Ring gestohlen? Bitte markieren Sie die Bank auf dem Plan.
27	You can take this pencil!	Sie können diesen Bleistift nehmen!
27	Second, bring me a photo of the stolen ring.	Zweitens: Bringen Sie mir ein Foto des gestohlenen Rings.
27	I already have it with me.	Ich habe es schon dabei.
28	Third, please leave your address and phone number.	Drittens: Bitte hinterlassen Sie Ihre Anschrift und Telefonnummer.
28	I left a business card here.	Ich habe eine Visitenkarte hiergelassen.
29	And fourth?	Und viertens?
29	Big Ben	Big Ben, die schwerste Glocke des Palace of Westminster, siehe S. 89
29	Fourth, I need twenty pounds in advance.	Viertens: Ich brauche einen Vorschuss von zwanzig Pfund.
29	Sorry, I don't have my purse with me.	Entschuldigung, ich habe meinen Geldbeutel nicht dabei.
30	Luxury fashion	Luxusmode
31	Well, I think it was a test!	Nun, ich denke, es war ein Test!

31	Don't worry, Watson. Have some tea!	Mach dir keine Sorgen, Watson. Nimm dir etwas Tee!
32	Tomorrow morning we'll go and visit St James's Park.	Morgen früh werden wir den St. James's Park besuchen.
33	St Matthew's. Not far from Buckingham Palace.	St. Matthew's. Nicht weit von Buckingham Palace. (Buckingham Palace ist der Sitz der Königsfamilie.)
33	Monday morning.	Montagmorgen.
33	What a lovely day! Warm and dry.	Was für ein schöner Tag! Warm und trocken.
34	Do they steal rings? We'll see.	Stehlen sie Ringe? Wir werden sehen.
34	Here we are, Watson.	Hier sind wir, Watson.
35	Let's go inside.	Lass uns hineingehen.
35	Good morning, ladies and gentlemen.	Guten Morgen, meine Damen und Herren.
	We'd like to buy this ring!	Wir würden gerne diesen Ring kaufen!
35	Is it for your grandmum?	Ist er für deine Großmutter?
37	It's this one here.	Es ist diese hier.
37	Sit down and wait.	Setz dich hin und warte.
37	Take the ring and hold it in your hand.	Nimm den Ring und halt ihn in der Hand.
37	Funny guy.	Komischer Typ.
38	Do you want to sell this ring?	Möchtest du diesen Ring verkaufen?
39	Buckingham Palace	Buckingham Palace, siehe oben
39	The Changing of the Guard	Zeremonie der Wachablösung
39	Come on, Watson, we have to leave.	Komm schon, Watson, wir müssen gehen.
39	Yes, immediately!	Ja, sofort!
40	Buckingham Palace	Buckingham Palace, siehe oben
42	Phew! That was a close thing!	Puh! Das war knapp!
42	Let's visit the old lady in the afternoon. But first we'll have some fish and chips!	Lass uns die alte Dame heute Nachmittag besuchen. Aber erst mal werden wir Fisch und Pommes frites essen!
43	Great! Marvellous! Fantastic! Sensational!	Großartig! Fabelhaft! Fantastisch! Sensationell!
43	I'm sure Admiral Nelson planted them.	Ich bin sicher, Admiral Nelson hat sie gepflanzt.
44	Sorry, we don't buy anything.	Tut mir leid, wir kaufen nichts.
45	The paintings, the clocks, the old wood … So wonderful!	Die Gemälde, die Uhren, das alte Holz … So wundervoll!

45	I really like this place!	Ich mag diesen Platz wirklich!
45	Lady Wellington is expecting you, gentlemen.	Lady Wellington erwartet Sie, meine Herren.
46	Ah, china from China!	Ah, Porzellan aus China!
46	Yes. But who are you?	Ja. Aber wer seid ihr?
47	I'm Shirley …	Ich bin Shirley …
47	Shirley? Isn't that a girl's name?	Shirley? Ist das nicht ein Mädchen-name?
47	Yes, I do. I'm proud of it.	Ja, das tue ich. Ich bin stolz darauf.
48	I love families with tradition!	Ich liebe Familien mit Tradition!
48	Would you like some five o'clock tea and shortbread?	Möchtet ihr etwas Fünfuhrtee und Shortbread? (Der Fünfuhrtee wird in einem alten Ritual am Nachmittag getrunken. Shortbread ist ein süßes Gebäck aus Mürbeteig.)
48	May I see your gloves? The ones you wore on the day of the robbery.	Dürfte ich Ihre Handschuhe sehen? Die, die Sie am Tag des Diebstahls getragen haben.
49	Did you wash them?	Haben Sie sie gewaschen?
49	Of course not! My butler did.	Natürlich nicht! Mein Butler tat es.
50	We'll go back to the crime scene.	Wir gehen zurück zum Tatort.
50	St James's Park	St. James's Park, siehe S. 91
50	Buckingham Palace	Buckingham Palace, siehe S. 92
51	We have to search for a hint.	Wir müssen nach einem Hinweis suchen.
51	Take this, Watson!	Nimm das, Watson!
52	A quarter past seven … Half past seven … A quarter to eight … Eight o'clock …	Viertel nach sieben … Halb acht … Viertel vor acht … Acht Uhr …
52	I can feel it. I'll find that hint today.	Ich kann es spüren. Ich werde diesen Hinweis heute finden.
52	I've found it! The lady's nose is excellent!	Ich habe es gefunden! Die Nase der Dame ist ausgezeichnet!
54	Look at this! Tufts of black hair!	Sieh dir das an! Schwarze Haarbüschel!
54	The hair is not from a dog and not from a cat. But from which animal is it?	Das Haar ist nicht von einem Hund und nicht von einer Katze. Aber von welchem Tier ist es?

54 We need to ask an expert.	Wir müssen einen Experten fragen.
54 Yes, my fearless friend!	Ja, mein furchtloser Freund!
56 Tuesday.	Dienstag.
56 Good afternoon, my friend.	Guten (Nachmit)Tag, mein Freund.
56 Good morning, good afternoon, good evening, good night.	Guten Morgen, guten (Nachmit)Tag, guten Abend, gute Nacht.
57 The expert is not here. We'll go and meet him later.	Der Experte ist nicht hier. Wir werden ihn später treffen.
57 A detective needs patience.	Ein Detektiv braucht Geduld.
57 Patience! A little patience!	Geduld! Ein bisschen Geduld!
58 Mortimer, please be a good raven!	Mortimer, bitte sei ein guter Rabe!
58 Aye, sir! Mortimer is always a good raven!	Aye, Sir! Mortimer ist immer ein guter Rabe!
58 Natural History Museum	Naturhistorisches Museum
59 Expert for mammals	Experte für Säugetiere
59 Come in!	Herein!
59 A hamster, a rabbit, a guinea pig …	Ein Hamster, ein Kaninchen, ein Meerschweinchen …
60 My name is Sherlock Holmes. Yes, exactly. Sherlock Holmes. Like the famous detective. And this is my assistant Watson. Are you Professor Jenkins?	Mein Name ist Sherlock Holmes. Ja, genau. Sherlock Holmes. Wie der berühmte Detektiv. Und das ist mein Assistent Watson. Sind Sie Professor Jenkins?
60 Yes, I'm Professor Jenkins, expert for mammals.	Ja, ich bin Professor Jenkins, Experte für Säugetiere.
60 Perfect.	Perfekt.
61 Black, long, thick. This is not the hair of a human being.	Schwarz, lang, dick. Das ist kein menschliches Haar. (wörtlich: Das ist nicht das Haar eines Menschen.)
61 I have a guess.	Ich habe eine Vermutung.
61 It's the hair of a mammal.	Es ist das Haar eines Säugetiers.
62 It's the hair of a bear!	Es ist das Haar eines Bären!
63 Yes, from a black bear, to be precise.	Ja, von einem Schwarzbären, um genau zu sein.
63 One minute. Two minutes. Three minutes.	Eine Minute. Zwei Minuten. Drei Minuten.
63 I don't believe this!	Ich glaube das nicht!
64 This American black bear is more than one hundred years old.	Dieser Amerikanische Schwarzbär ist über hundert Jahre alt.

65	Wednesday.	Mittwoch.
65	How are you, my friend?	Wie geht es dir, mein Freund?
65	St James's Park	St. James's Park, siehe S. 91
65	Oh, you will! We'll go to the park on Saturday.	Oh, das wirst du! Wir gehen am Samstag in den Park.
65	Go to the park on Saturday.	Am Samstag in den Park gehen.
66	You're our old lady!	Du bist unsere alte Dame!
67	Wait and see. A detective needs patience!	Warte es ab, du wirst schon sehen. Ein Detektiv braucht Geduld!
67	The criminal always returns to the crime scene.	Der Täter kehrt immer zum Tatort zurück.
67	He'll do it again!	Er wird es wieder tun!
67	All we need is another old lady with a ring.	Alles, was wir brauchen, ist eine weitere alte Dame mit einem Ring.
67	Try them on!	Probier sie an!
68	You don't have to. Read everything about black bears.	Das musst du nicht. Lies alles über Schwarzbären.
69	And I'll check if there's a circus in town.	Und ich werde herausfinden, ob ein Zirkus in der Stadt ist.
69	But first, I'll call Lady Wellington.	Aber zuerst rufe ich Lady Wellington an.
69	Short nap: 15 minutes Shock: 6 minutes Walk from bench to St James's Park Underground station: 10 minutes Ticket for the Undergound 12:28 (p.m.)	Kurzes Nickerchen: 15 Minuten Schock: 6 Minuten Weg von Bank zur U-Bahn-Station St. James's Park: 10 Minuten Ticket für die U-Bahn 12:28 Uhr (A.m. bedeutet vor 12 Uhr mittags, p.m. bedeutet nach 12 Uhr mittags.)
70	Wednesday evening and night.	Mittwochabend und -nacht.
71	The American black bear Age: between ten and thirty years old Weight: up to 300 kg (male) Diet: nuts, grass, berries – ants, wasps, small mammals …	Der Amerikanische Schwarzbär Alter: zwischen 10 und 30 Jahre alt Gewicht: bis zu 300 kg (Männchen) Ernährung: Nüsse, Gras, Beeren – Ameisen, Wespen, kleine Säugetiere …
72	Thursday and Friday.	Donnerstag und Freitag.
73	Saturday morning.	Samstagmorgen.
73	honey, tea, orange juice, jam, milk	Honig, Tee, Orangensaft, Marmelade, Milch
74	A Small Robbery in a Big Country	Ein kleiner Raub in einem großen Land
74	Good morning, Lady Watson.	Guten Morgen, Lady Watson.

74	Take these gloves, too.	Nimm auch diese Handschuhe.
74	You look strange! Why do you wear these funny clothes?	Du siehst seltsam aus! Warum trägst du diese komischen Klamotten?
75	We're detectives. Today we'll catch a thief.	Wir sind Detektive. Heute fangen wir einen Dieb.
75	I don't believe you!	Ich glaube euch nicht!
75	St James's Park	St. James's Park, siehe S. 91
76	You should be proud.	Du solltest stolz sein.
76	You're doing it for the people of London!	Du tust das für die Menschen von London!
76	The grass is wet. It rained yesterday.	Das Gras ist nass. Es hat gestern geregnet.
77	Now close your eyes. Just like Lady Wellington did.	Jetzt schließ die Augen. Genau wie Lady Wellington es tat.
77	I'll take care of you. Don't be afraid.	Ich passe auf dich auf. Hab keine Angst.
79	The bear has disappeared!	Der Bär ist verschwunden!
80 / 82	Buckingham Palace	Buckingham Palace, siehe S. 92
82	Watson! Now we're going to catch the bear of London!	Watson! Nun werden wir den Bären von London fangen!
82	Do you see the hats?	Siehst du die Mützen?
83	And do you know the name of the hats?	Und kennst du die Namen der Mützen?
83	They're called bearskin hats.	Sie werden Bärenfellmützen genannt.
84	Some of the hats are very old. More than one hundred years.	Manche der Mützen sind sehr alt. Mehr als einhundert Jahre.
85	One of these men is the thief.	Einer dieser Männer ist der Dieb.
86	This man is a thief!	Dieser Mann ist ein Dieb!
87	Thank you so much! You are wonderful! How much do I have to pay?	Ich danke euch sehr! Ihr seid wunderbar! Wie viel muss ich zahlen?
87	The honour is enough!	Die Ehre ist genug!
88	Are you the thieves?	Seid ihr die Diebe?
88	I don't believe you!	Ich glaube euch nicht!

Hinweis: Damit es einheitlich ist und nicht verwirrt, setzen wir alle Anführungszeichen so: **„ “**
In einem englischen Text würdest du sie so setzen: **“ ”**

SHERLOCK JUNIOR
und der kopflose Bischof

THiLO

mit Bildern von Nikolai Renger

INHALT

(Im Glossar findest du alle Übersetzungen!)

Tipp:

Alle englischen Wörter und Sätze kannst du dir anhören unter: www.duden-leseprofi.de/Sherlock-Bischof

NEBEL IN LONDON – DRAUßEN

Saturday morning. Es ist ein ungemütlicher Samstagmorgen in London. Von der Themse steigt dichter Nebel auf.
Zwei Gestalten wandern durch die trüben Straßen der Stadt. Sind es Trickdiebe? Nein! Sind es Handtaschenräuber? Nein! Sind es vielleicht sogar Mörder auf der Suche nach einem Opfer? Erst recht nicht. Eigentlich sehen sie eher aus wie Kinder.
Es sind zwei Detektive – doch heute haben sie frei. Sie müssen nicht in die Schule, denn es ist Samstag. Und einen neuen Fall haben sie auch nicht.
Sherlock Holmes, der Fünfte, schlägt den Kragen seines karierten Mantels hoch.
Er rückt sich die Mütze tiefer ins Gesicht.
„It's cold, Watson!", murmelt er. **„Very cold."**
Watson nickt. Ja, es ist sehr kalt.

Watson heißt eigentlich Walter, er kommt aus Berlin. Aber seit Sherlock ihn zu seinem Assistenten gemacht hat, trägt er den neuen Namen mit Stolz. So hieß schließlich auch der Assistent von Sherlock Holmes, dem Ersten!

„Wo fährt denn nun die nächste U-Bahn?", fragt Watson ungeduldig.

Sein Chef hat sich für heute mal wieder ein besonderes Programm ausgedacht. Und Watson ist sich sicher, dass es nicht langweilig wird.

„This way", sagt Sherlock und geht um eine Häuserecke.

„Now we have to turn left. Then we have to turn right. And then right again."
Und genau so gehen sie auch: erst links, und dann biegen sie zweimal rechts ab. Schon sind sie da.
„Und wo müssen wir hin?", fragt Watson und studiert das Liniennetz.
„Holborn Station is close to our target", weiß Sherlock. Offenbar war er schon oft an dem Ort, an den er nun mit Watson will.
„Da ist sie", sagt Watson und tippt mit dem Finger auf die Station, die nah bei ihrem Ziel liegt. Auch **Tottenham Court Road** ist nicht weit weg.
Dort angekommen, sind es nur noch ein paar Schritte. Dann stehen die beiden Freunde vor einem großen, weißen Gebäude. Es sieht wie ein griechischer Tempel aus. Doch am Eingang steht: **THE BRITISH MUSEUM**.
„This is my favourite museum", schwärmt Sherlock. Und dieses Lieblingsmuseum will er Watson heute zeigen.

Watson setzt die Brille ab und putzt sich die Gläser. Durch den Nebel sind sie beschlagen. Sherlock geht zur Kasse.

„Good morning, madam“, sagt er höflich.

Die Frau grüßt freundlich zurück. **„Good morning, kid.“** Dann will sie wissen, was sie für Sherlock tun kann: **„What can I do for you?“**

„I'd like to buy a catalogue“, erwidert Sherlock.

Sie sagt: **„That's two pounds, please.“**

Der Meisterdetektiv gibt ihr die zwei Pfund und erhält wie gewünscht einen dicken Katalog. Darin sind die wichtigsten Werke des Museums abgebildet. Daneben steht, in welchen Räumen man sie findet.

„Oh, look at this!“, ruft Sherlock begeistert. **„The Lewis Chessmen from the Middle Ages. They're wonderful, aren't they?“** Die Lewis-Schachfiguren? Watson setzt sich die Brille wieder auf und wirft gehorsam einen Blick in den Katalog. Eine Reihe von Figuren ist auf der Seite abgebildet, die Sherlock ihm unter die Nase hält. Sie stammen aus dem Mittelalter, wie Sherlock richtig gesagt hat. Und ja, sie sehen wirklich wundervoll aus.

Watson glaubt, dass sie aus Elfenbein gemacht wurden, denn die Figuren sind gelblich-weiß.

„Let's look at the real ones", beschließt Sherlock. **„They're on the upper floor, in room 40."** Und schon ist er auf dem Weg ins Obergeschoss. Der Eintritt ins Museum ist kostenlos.
Watson ist nun neugierig, er will sich die echten Figuren ebenfalls ansehen. Also folgt er seinem Chef zu Raum 40.
Die **Lewis Chessmen** sind in Vitrinen mitten in der Halle ausgestellt. Davor herrscht großes Gedränge. Die Schachfiguren sind eine der großen Attraktionen des Museums. Als Watson sich auf Zehenspitzen stellt, kann er endlich etwas sehen.
„There are sixteen chessmen in this showcase", murmelt Sherlock.
Sechzehn Schachfiguren befinden sich also in der Vitrine, vor der er steht. Er hat natürlich genau gezählt. Jede Einzelheit kann für einen Kriminalfall wichtig sein, sagt Sherlock immer. Diese Überzeugung kann er wohl auch in seiner Freizeit nicht ablegen.

Die Figuren stammen wahrscheinlich aus dem zwölften Jahrhundert, liest Watson. Also sind sie mehr als achthundert Jahre alt! Ihr Wert ist unschätzbar.

„They're more than eight hundred years old!“, staunt auch Sherlock. **„I like the king, the queen and the knight most.“**

Watson nickt. Sein Chef mag den König, die Königin und den Ritter am liebsten.

Und er selbst?

Watson drängelt sich noch näher an die Vitrine heran. „Mir gefällt der Bischof am besten“, sagt er dann. „Der da ohne Kopf. Der sieht so gespenstisch aus!“

Sherlock folgt seinem Blick. Dann sieht er in den Katalog. Dann wieder in die Vitrine.

„The bishop has no head!“, wiederholt er. Sherlock klingt ganz aufgeregt. Dabei hat Watson doch gerade schon genau das Gleiche gesagt.

Sherlock tippt mit dem Finger auf die Seite im Katalog.

„But he does have a head here!“, ruft er mit zittriger Stimme. Einige Leute drehen sich schon um, so laut redet Sherlock.

„Shhh! Quiet, please!“, bittet ein älterer Herr um Ruhe.
Watson muss seinem Freund recht geben. Im Katalog ist der Bischof noch mit Kopf abgebildet. Vielleicht hat ihn das Personal beim Putzen fallen lassen?
Doch an so etwas glaubt Sherlock nicht.
„Somebody has destroyed it!“, sagt er leise.

Er sieht Watson mit zusammengekniffenen Augen an. Dieser Blick gefällt Watson gar nicht. Sollte den Bischof wirklich jemand absichtlich zerstört haben? Aber wie? Die Figuren sind doch von dickem Glas geschützt. Und die Vitrine ist mit einem Schloss und einer Alarmanlage gesichert. Niemand kommt an die Schachfiguren heran.

„Watson!“, flüstert Sherlock aufgeregt.

„We have a new case! The case of the headless bishop!“

Watson beißt sich auf die Unterlippe. Ist das wirklich ein neuer Fall für ihr Detektivbüro, wie Sherlock vermutet? Der Fall „Kopfloser Bischof“?

„Go and call a security guard!“, kommandiert Sherlock.

Schau dir die folgenden zwei Seiten an.
Wo findet Watson einen Wachmann?

2

NEBEL IN LONDON – DRINNEN

Watson braucht nicht lange, um einen der Wachmänner zu finden. Er trägt eine Anzughose und ein Hemd mit Schulterklappen und hat ein Funkgerät dabei. Watson spricht ihn an.

„What?“, fragt der Mann ungläubig.

„Somebody has destroyed the bishop?“

Watson nickt. „Ja, jemand hat den Bischof zerstört“, wiederholt er.

Sofort zückt der Wachmann sein Funkgerät und spricht hektisch hinein.

„This is Tom speaking“, ruft er. **„Come to room 40. Immediately!“**

Und wirklich. Sofort stürmen zahlreiche Wachmänner in Raum Nummer 40. Unter ihnen ist auch ein Mann in einem Cordanzug. Er sieht nicht so gefährlich aus wie die Wachmänner. Eher wie ein Wissenschaftler, findet Watson.

„Hello, my name is Professor Paul Pingle“, stellt sich der Mann vor. Er lispelt ein wenig. Er möchte wissen, was passiert ist: **„What happened?“**

Watson begleitet ihn und die Wachleute zu der Vitrine. Sherlock hat den kopflosen Bischof in der Zwischenzeit nicht aus den Augen gelassen. Doch der Kopf ist natürlich nicht wieder aufgetaucht.

„My name is Sherlock Holmes“, stellt Sherlock sich vor. **„Yes, exactly. Sherlock Holmes. Like the famous detective.“**

Der berühmte Meisterdetektiv sei nämlich sein direkter Vorfahre gewesen, fügt Sherlock hinzu.

Paul Pingle nickt abwesend. Er hat längst gesehen, warum er gerufen wurde.

„Oh, dear!“, klagt der Wissenschaftler und hält sich die Hände vor den Mund. **„The poor, poor bishop!“**

„Ja, der arme Bischof!“, denkt auch Watson. Wer hat ihm das nur angetan? Wer zerstört eine achthundert Jahre alte Figur von unschätzbarem Wert? Ein Verrückter? Und wie ist diese Person an den Bischof herangekommen? Die Vitrine besteht aus Panzerglas, nirgends ist ein Sprung oder gar ein Loch zu sehen.

„The glass is not broken“, hat auch Sherlock festgestellt. **„And the lock is closed.“**
Paul Pingle zieht und zerrt kräftig an dem Schloss. Ja, es ist zu. Fest verschlossen. Es ist ohne professionelles Werkzeug gar nicht möglich, es zu knacken.
„Try to open the showcase!“, kommandiert der Professor die Wachmänner. Zwei von ihnen packen die Vitrine und versuchen sie mit einem Ruck zu öffnen. Augenblicklich heult die Alarmanlage los. Der Lärm ist ohrenbetäubend. Alle Besucher in der Halle zucken zusammen.
„Stop it!“, brüllt Tom. Professor Pingle tippt schnell einen Code in die Alarmanlage. Sofort hört das Geheule auf. Aus den anderen Hallen drängen nun noch mehr Menschen herein. Alle wollen sehen, was hier passiert ist. Watson wird grob zur Seite geschubst. Doch er kann sich wieder nach vorne zu seinem Freund kämpfen.

„Okay“, murmelt Pingle und wischt sich den Schweiß von der Stirn. **„The alarm system is working well.“** Ja, zweifellos funktioniert die Alarmanlage bestens.

„Well, I'll take the key. Let's have a closer look at the bishop“, verkündet er. Aus der Innentasche seines Anzugs holt Pingle einen Schlüsselbund.

Schon will er mit dem Schlüssel die Vitrine öffnen, um sich den Bischof genauer anzusehen. Doch Tom stoppt ihn.

„At first we'll protect the Chessmen“, sagt er scharf.

Und das tun seine Leute dann auch. Sie sichern die Schachfiguren. Sechs Männer stellen sich im Kreis um den Glaskasten.

Mit den Gesichtern nach außen. Ihren wachen Augen entgeht nichts. Wenn sich dem geöffneten Kasten jemand nähern wollte, würden sie ihn sofort unschädlich machen. Da ist sich Watson sicher.
„Now do what you have to do“, murmelt Tom.
Paul Pingle wischt sich noch einmal den Schweiß ab. Dann tut er, was er tun muss: Er steckt den Schlüssel ins Schloss und dreht ihn herum. Die Alarmanlage hat er ja bereits ausgestellt, deshalb bleibt es still.
„God save the Queen!“, sagt der Professor leise. Watson runzelt die Stirn. „Warum soll Gott gerade in diesem Moment die Königin beschützen?“, fragt er sich. Aber wahrscheinlich sagt der Professor diesen Satz immer, wenn es brenzlig wird.
Watson sieht noch, wie sein Chef sich direkt nach vorne neben den Professor drängt.
„Can I have a look?“, fragt er. Er möchte sich die Sache ebenfalls genauer anschauen.

Doch der Professor hört ihm gar nicht zu. Zwei Wachmänner öffnen nun gemeinsam die Vitrine. Was dann passiert, verstehen Watson, die Angestellten und Besucher des Museums erst viel später. So schnell geht es. Kaum ist der Kasten geöffnet, breitet sich in der gesamten Halle blitzschnell Nebel aus. So wie draußen an der Themse, nur viel dichter.

Watson kann seine eigenen Hände nicht mehr sehen. Seine Brille beschlägt. Aber seine Ohren funktionieren auch im Nebel gut. Er hört, wie rundherum Chaos ausbricht. Menschen rufen durcheinander:
„William, where are you?“ Jemand sucht scheinbar einen William.
„Ow! That was my foot!“ Jemandem wurde auf den Fuß getreten.
„Does anybody know where the toilets are?“ Ein Witzbold fragt nach dem Weg zur Toilette. Doch niemand lacht. Ein kleines Mädchen weint. Dann erkennt Watson in dem Stimmengewirr seinen Freund.
„Watson, help!“, brüllt Sherlock. **„I've got him!“**
Sherlock hat ihn? Ja, wen denn? Den Kopf des Bischofs etwa?
Da spürt Watson, wie etwas zu Boden fällt. Genau auf seine Füße.
„Argh“, stöhnt Sherlock dort unten. **„Now he's gone!“**

Watson bückt sich und hilft seinem Chef wieder auf die Beine. Doch Sherlock lässt Watsons Hand nicht los. Mit wackligen Knien zieht er seinen Assistenten durch das Chaos nach draußen.

„Quick, we have to leave“, zischt er. So schnell wie möglich verlassen sie die Halle. In den anderen Räumen und im Treppenhaus ist kein Nebel. Die meisten Besucher versuchen neugierig, in die Mittelalter-Halle zu gelangen. Nur vier Leute sind auf dem Weg nach unten in die Eingangshalle.

„Look!“, zischt Sherlock. **„That's the thief!“**

„Das ist der Dieb?“, wundert sich Watson. „Was denn für ein Dieb?“

Der Meisterdetektiv antwortet ihm nicht. So schnell er kann, springt er die Stufen abwärts.

?

Woher weiß Sherlock, welche der Personen etwas mit dem Chaos in der Halle zu tun hat?

IN LUFT AUFGELÖST

„It’s the same pattern!“, bestätigt Sherlock auf dem Weg nach draußen. Das Muster! Der Mantel des Mannes hat das gleiche Muster wie der Stoff in Sherlocks Hand! Watson kann seinem Chef kaum folgen. Als die beiden im Freien sind, geht der Alarm los. Diesmal überall im Museum. Hinter ihnen werden hastig die Türen geschlossen. Watson will weiterrennen, aber Sherlock bremst ihn.

„Walk slowly, Watson!“, ermahnt er seinen Assistenten. **„Don’t draw attention to yourself!“**

Watson schluckt. Die Sache gefällt ihm überhaupt nicht. Im Museum wurde irgendetwas gestohlen. Und nun soll er langsam gehen, um keine Aufmerksamkeit auf sich zu ziehen? „Halten die uns etwa für Diebe?“, würgt er hervor.

Sherlock zuckt mit den Schultern. **„Maybe“**, meint er. **„But the real thief is right in front of us!“**

Sherlock hält das Stück Stoff hoch. Bei dem Tumult an der Vitrine hat er es dem Mann aus dem Mantel gerissen.

Das alles beruhigt Watson kein bisschen. Im Gegenteil. Der richtige Dieb ist direkt vor ihnen. Der Mann im gemusterten Mantel!

„Follow him“, mahnt Sherlock. **„We'll catch the thief.“**

Watson ist sich nicht sicher, ob er den Dieb wirklich fangen will. Der Mann sieht breit und kräftig aus. Und wenn es stimmt, was Sherlock vermutet, hat er eben einen dreisten Museumsraub begangen. Der wird sich von zwei Jungen sicher nicht aufhalten lassen.

Trotzdem nehmen die beiden die Verfolgung des Mannes auf. Er eilt die Straße entlang. Der vermeintliche Dieb ist nur noch dreißig Schritte von ihnen entfernt, da biegt er um eine Straßenecke. Als die beiden Detektive die Stelle erreicht haben, bleibt Sherlock plötzlich stehen. Der Mann ist weg!

„He has disappeared without a trace“, stellt Sherlock bestürzt fest.

Ja, der Mann ist spurlos verschwunden. Aber wie kann das sein? Das Gebäude unweit des Museums hat an dieser Seite keinen Eingang, in den der Dieb hätte flüchten können.

„Let's go to our detective agency“, schlägt Sherlock nach einer Weile geknickt vor.

Also gehen die beiden zu ihrem Detektivbüro. Sherlock hat es in der Wohnung einer alten Lady eingerichtet. Sie ist häufig auf Reisen und hat Sherlock gebeten, auf den Raben Mortimer aufzupassen. Deshalb hat er einen Schlüssel zu der Wohnung.

Vor der Haustür steht Shirley, ein Nachbarsmädchen.
„Have you heard the news?“, fragt sie.
Ob Sherlock und Watson schon das Neueste gehört haben?
Sherlock sieht sie ernst an. **„Which news?“**
Shirley grinst. Sie freut sich, etwas zu wissen, was bei den Jungs noch nicht angekommen ist.
„There was a theft at the British Museum“, sagt sie stolz. **„Someone stole one of the Lewis Chessmen.“**
Sherlock lächelt. Er hat es schließlich als Erster gewusst: Es gab einen Diebstahl im Britischen Museum und eine der Schachfiguren wurde gestohlen. Der Bischof, um genau zu sein.

„Of course we know“, antwortet er trocken. Selbstverständlich wissen sie Bescheid! **„We’re detectives!“**

Shirley verzieht das Gesicht. **„I don’t believe you!“**, grinst sie und fährt auf ihrem Roller davon.

In der Wohnung werden die beiden Freunde schon von Mortimer erwartet. Der Rabe hockt auf dem Bücherregal im Wohnzimmer.

„Merry Christmas and a Happy New Year!“, wünscht er und legt den Kopf schief.

Watson rollt mit den Augen und lacht. Es ist weder Weihnachtszeit, noch steht das neue Jahr bevor. Raben plappern einfach alles nach. Denken können sie nicht. Oder?

Das kann aber Sherlock. Sogar besonders gut. Er kocht eine Kanne schwarzen Tee. Während er das heiße Getränk schlürft und an einem Keks knabbert, grübelt Sherlock laut über den Fall „Kopfloser Bischof“ nach.

„Nobody can vanish into thin air“, murmelt er.

In dem Punkt gibt Watson ihm recht: Niemand kann sich in Luft auflösen.
„There must be another explanation“, fügt Sherlock hinzu. Es muss eine andere Erklärung geben.
Noch etwa eine halbe Stunde murmelt der Chefdetektiv unverständliche Worte in sich hinein.
Dann springt er vom Sofa auf. **„Come with me, my friend!“**, kommandiert er.
Watson ist neugierig, natürlich kommt er mit.

Saturday afternoon. Es ist mittlerweile Nachmittag geworden.
Mit Watson im Schlepptau stattet Sherlock einem Informationsschalter der **Transport for London (TfL)** einen Besuch ab.

Das ist die Gesellschaft, die für den Stadtverkehr in London zuständig ist.

„**Good afternoon**“, grüßt er höflich.

Die Frau am Schalter nickt ihm freundlich zu.

„**What can I do for you?**“, fragt sie.

„**Can you give me an old city map, please?**“, bittet Sherlock.

Wie gewünscht, reicht ihm die Dame einen alten Stadtplan, auf dem auch die U-Bahn-Stationen eingetragen sind.

„**Thank you very much. How much is it?**“, erkundigt sich Sherlock nach dem Preis.

„**It's free**“, sagt sie. Der Plan kostet nichts.

Die beiden Detektive setzen sich an einen Tisch und breiten ihn aus.

„**Bingo!**“, ruft Sherlock nach einer Weile.

„**Now we know where the thief has gone!**“

?

Was hat Sherlock auf dem Plan entdeckt?

Wohin könnte der Dieb verschwunden sein?

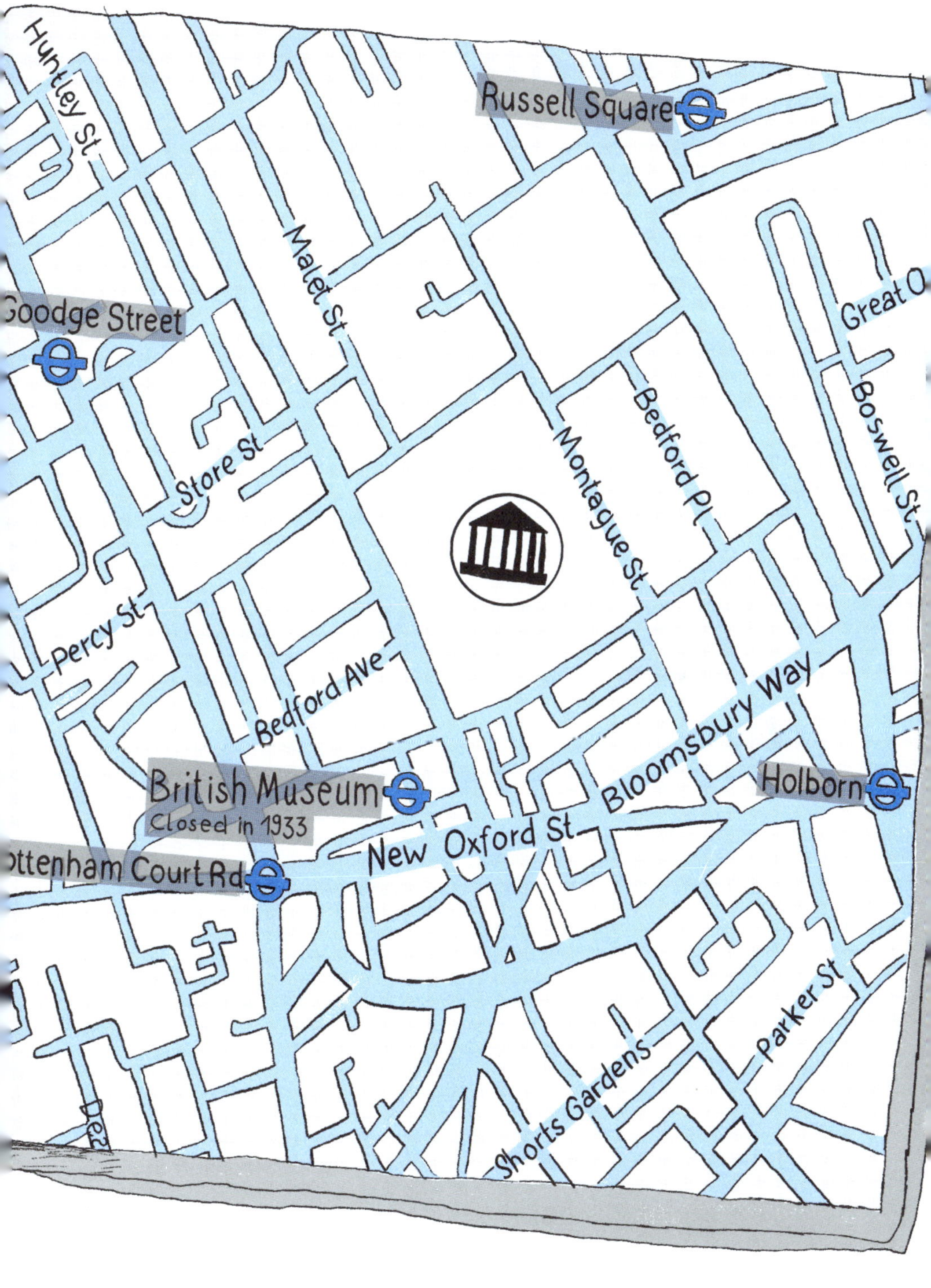
Huntley St
Russell Square
Malet St
Goodge Street
Great O
Bedford Pl
Boswell St
Montague St
Store St
Percy St
Bedford Ave
Bloomsbury Way
Holborn
British Museum
Closed in 1933
New Oxford St
ottenham Court Rd
Parker St
Shorts Gardens

VERBRECHERVISAGEN

Watson ist verblüfft. Er wusste ja schon immer, dass sein Chef ein genialer Detektiv ist. Aber Sherlocks Schlussfolgerungen überraschen ihn noch immer.
Sein Chef hat gefunden, was er vermutet hat. Direkt neben dem **British Museum** gab es früher eine U-Bahn-Station. Sie wurde allerdings schon 1933 geschlossen.
Hat sie vielleicht etwas mit der Flucht des Diebes zu tun?
„Let's go back to the crime scene", schlägt Sherlock vor. Er will noch einmal zurück an den Tatort. Watson nickt. Das kennt er schon. Sherlock kann sich an Ort und Stelle immer am besten in den Täter hineinversetzen. Allerdings wird es bald dunkel. Die beiden beschließen, eine Nacht über die Ereignisse des Tages zu schlafen. Watson findet die Idee mehr als gut.

Sunday morning. Am Sonntagmorgen stehen die beiden wieder vor dem Museum. Der Bereich rundherum ist abgeriegelt. Überall sind Polizisten und untersuchen jede kleinste Einzelheit und jede Spur.

„**There are bobbies everywhere**“, murmelt Sherlock.

Einer der Polizisten verteilt auch Zettel mit dem Phantombild von zwei Verdächtigen. Als Watson sich die Verbrechervisagen ansieht, beginnen seine Knie zu zittern.
„Das sollen wir sein!“, presst er hervor.
„Die verdächtigen uns!“
Sherlock wirft nur einen kurzen Blick auf den Zettel und überfliegt seine Beschreibung:

Etwa zehn Jahre alter Junge, dunkles Haar, blaue Augen, kaltblütig, seltsame Kleidung, merkwürdiger Hut, gefährlich.
„Precise description“, muss Sherlock die Polizisten heimlich loben. **„But I’m not dangerous.“** Die Beschreibung passt sehr genau. Nur gefährlich ist er nicht.
„Höchstens für Verbrecher“, denkt Watson. Am liebsten würde er weglaufen, um nicht verhaftet zu werden. Noch nie in seinem Leben war Watson im Gefängnis. Und er würde seine Krimisammlung dafür geben, dass das auch so bleibt.
Sherlock hingegen wirkt ganz ruhig. Er schiebt seinen Assistenten an den Polizisten vorbei die Straße herunter. Genau den Weg entlang, den sie gestern Vormittag gegangen sind. Der Nebel draußen ist noch dichter als am Vortag. Nach wenigen Schritten holt Sherlock den alten Stadtplan hervor. An der Stelle, an der der Dieb sich anscheinend in Luft aufgelöst hat, bleibt er stehen.

„This is the place“, stellt er fest. **„Right here was the entrance of the old station.“**
Watson nickt. Er sieht es auch.
Genau hier war früher der Eingang zu der U-Bahn-Station, die seit 1933 geschlossen ist. Heute steht an der Stelle ein Hochhaus.
Da macht Watson eine interessante Entdeckung. Direkt vor dem Gebäude ist ein Kanaldeckel auf dem Bürgersteig. Der Deckel liegt nicht richtig auf.
„You have excellent eyes!“, lobt der Detektiv seinen Assistenten.
Watson grinst schief und poliert seine Brillengläser. „Na ja, so exzellent sind meine Augen nun auch wieder nicht“, widerspricht er.
Sherlock antwortet nicht, er kniet schon auf dem Boden. Mit beiden Händen zieht er den Kanaldeckel zur Seite. Watson staunt.
Eine rostige Leiter führt in den Schacht darunter.

„Are we fearless and cold-blooded?“, fragt Sherlock mit ernster Miene. Watson schüttelt heftig den Kopf. Furchtlos und kaltblütig? Er? Doch Sherlock tut bereits, was Watson befürchtet hat: Er steigt die rostige Leiter hinab in die Tiefe. **„The thief went this way“**, ruft der Detektiv nach oben. Seine Stimme schallt gespenstisch von den Wänden des Schachtes wider. **„But how did he know it?“**

Watson kratzt sich am Kopf. Ja, diesen Weg hat der Dieb gestern genommen, kein Zweifel. Aber woher er von dem Schacht weiß, kann Watson auch nicht beantworten.

Er holt noch einmal tief Luft, dann folgt er Sherlock in die Tiefe.

Etwa zehn Meter geht es nach unten.

Dann ertasten Watsons Füße festen Boden.

Zum Glück fällt von oben Licht in den Gang.

Der Boden zittert, ganz in der Nähe rattert eine U-Bahn vorbei.

„Sherlock?“, brüllt Watson gegen den Lärm an. Doch es kommt keine Antwort.

Dummerweise gehen kurz hinter dem Schacht drei Gänge ab. Einen von ihnen muss der Meisterdetektiv genommen haben. Bloß welchen?

?

Welchen Gang hat Sherlock genommen?

TWEED, NICHT JEANS

Watson ist stolz auf sich. Ganz ohne die Hilfe seines Chefs hat er ein Rätsel gelöst. Dort, wo die Spinnweben zerrissen sind, muss vor Kurzem jemand entlanggegangen sein.
„Ich werde immer besser!", lobt er sich selbst. „Bald bin ich ein genauso großer Detektiv wie Sherlock Holmes!"
Frohen Mutes geht er in den mittleren Gang hinein. Schon bald hat er seinen Freund eingeholt.
„Watson, there you are again!", freut sich Sherlock. **„You're brave enough to follow me."**

Watson ist sauer. Klar ist er wieder da! Selbstverständlich ist er mutig genug, um Sherlock zu folgen! Was denkt er sich eigentlich!
Doch weil Sherlock eine Taschenlampe dabeihat, lässt Watson ihn gerne vorgehen …
„I think this is the way to the old station“, erklärt Sherlock. **„It must be the right direction.“** Und er hat recht, die Richtung stimmt: Als sie um eine Ecke biegen, sind im Lichtkegel vor ihnen Schienen zu erkennen. An den Wänden sind Bänke aufgestellt.
Die alte U-Bahn-Station! Aber hier ist nichts Besonderes zu sehen.
Nun folgen die beiden den Schienen. Sie erreichen einen schmaleren Gang. Plötzlich zittert der Boden wieder. Und das Rumpeln wird immer lauter.
„Watch out!“, ruft Sherlock warnend.
Watson passt auf. Genau wie sein Freund drückt er sich in eine Nische in der Wand. Keine Sekunde zu früh!

„One, two, three“, zählt Sherlock, dann rast ein Zug an ihnen vorbei.

„Phew!“, schnauft der Detektiv. **„That was close! Let's get out of here!“**

„G-g-ganz deiner Meinung“, antwortet Watson. Ihm schlottern die Knie. Das war wirklich verdammt knapp. Und er will dringend hier herauskommen, bevor noch jemand verletzt wird! Wer die Pläne der U-Bahn nicht genau kennt, läuft höchste Gefahr, überfahren zu werden.

Zurück auf der Straße, macht Sherlock sich genau über diesen Punkt Gedanken.

„The thief knows the underground tunnels very well“, murmelt er. **„But why?“**

Watson zuckt mit den Schultern. Woher der Dieb die U-Bahn-Schächte so gut kennt, weiß er auch nicht. Da hat der Täter ihnen etwas voraus. Diese Spur können sie wohl nicht weiterverfolgen.

Aber Sherlock hat natürlich noch ein anderes Ass im Ärmel: den Stoff des Mantels. Er nimmt ihn aus der Tasche.

Der Stoff ist sehr dick, findet Watson.

„Ist das Jeansstoff?“

Sherlock sieht seinen Assistenten böse an.

„Watson!“, empört er sich. **„This is not jeans, it's tweed!“**

Watson grinst unsicher. Tweed ist auch ein Stoff, davon hat er schon gehört.

Aber so etwas trägt doch heutzutage kein Mensch mehr. Schon gar nicht mit einem so auffälligen Muster.

„We have to ask a tailor“, beschließt Sherlock. Er gähnt. **„But not today. No tailor will work on Sundays.“**
Watson freut sich. Er fühlt sich, als hätte die U-Bahn ihn tatsächlich überfahren.
Einen Schneider zu befragen, findet er eine gute Idee. Und es morgen zu tun, findet Watson noch besser! In der Tat wird heute ohnehin niemand arbeiten.

Monday morning. Am Montag geht Watson erst einmal in die Schule. Schüler zu sein, ist ja noch immer sein Hauptberuf. Sherlock sieht er nur in den Pausen, der ist nämlich eine Klasse über ihm.
„Come to the agency at four o’clock“, bittet der Detektiv seinen Assistenten. Dann öffnet er seine Lunchbox.
Watson ist einverstanden.

Monday afternoon. Pünktlich um vier Uhr will Watson beim Detektivbüro klingeln. Doch Sherlock öffnet bereits die Haustür und kommt heraus.

„We have to hurry up!“, sagt er. **„The tailor is waiting for us.“**

Sherlock hat den Schneider bereits angerufen. Nun müssen sie sich beeilen, denn der Mann wartet schon auf sie.

Nebeneinander hasten die beiden Freunde durch die Straßen ihres Viertels. An einer Straßenecke ist eine Box aufgestellt, an der man Zeitungen ziehen kann.

Mit grummelndem Magen liest Watson die Schlagzeilen:

Die Extraausgabe berichtet alles über den Diebstahl im Museum und zeigt ein Bild des Bischofs. Darunter sind die Phantombilder von Watson und Sherlock abgebildet! Die Polizei will wissen, wer diese Jungen kennt. **„Let's move to Australia"**, scherzt Sherlock. Aber so richtig vergnügt klingt er nicht. Watson will nicht nach Australien umziehen, er hat mit dem Diebstahl doch überhaupt nichts zu tun! Er war nur zur falschen Zeit am falschen Ort. Und vor allem mit der falschen Person. Hätte Sherlock sich das Foto vom kopflosen Bischof mit Kopf nicht so genau angesehen, wären sie niemals in diesen Schlamassel geraten!

Sherlock stellt seinen Kragen auf und geht weiter. Watson zieht einen Krimi aus der Tasche und hält ihn vor sein Gesicht.
„Hoffentlich nutzt es was …“, murmelt er in sich hinein.
Endlich kommen die beiden an einem Schneiderladen an. Im Schaufenster stehen Puppen mit altmodischen Anzügen, Mänteln und Hemden.
„The tailor is very old“, erklärt Sherlock noch schnell. Dann tritt er ein.
Der Schneider ist wirklich sehr alt. Gebückt steht er hinter seiner Kasse. Doch als die Türglocke erklingt, streckt er sich und sieht gleich etwas jünger aus.

„Good afternoon, Sir“, wünscht Sherlock. **„I … eh, my boss called you one hour ago.“** Natürlich war es der Meisterdetektiv selbst, der vor einer Stunde hier angerufen hat. Doch niemand darf die wahre Identität des Detektivs kennen, hat Sherlock beschlossen. Leider wird er als Kind nicht so ernst genommen, wie es ihm gebührt …

„It’s about the tweed, isn’t it?“, murmelt der Schneider.

„Ja, genau“, bestätigt Watson. „Es geht um den Tweed.“

Sherlock zieht das Stück Stoff aus der Tasche, das er dem Dieb aus dem Mantel gerissen hat.

„Nice pattern! Can I have a look?“, fragt der Schneider. Ihm gefällt das Muster.

Er wartet die Antwort gar nicht erst ab und nimmt Sherlock den Fetzen aus der Hand. Dann wirft er einen Blick darauf.

Alles, was der Experte über den Tweed sagt, schreibt Sherlock in sein Notizbuch:

Der Tweed ist von feiner Qualität, schwer und fast gänzlich wasserdicht. Sehr robust, meint der Schneider. Deshalb wundert es ihn auch, dass Sherlock das Stück einfach so aus einem Mantel reißen konnte.

Die wichtigste Information bekommt aber Watson, als er sich in dem Laden umsieht.

?

Schau dir die folgenden zwei Seiten an. Welche wichtige Information erhält Watson im Laden? Tipp: Es hat mit dem Muster des Stoffes zu tun!

"Gentleman"
£400
"Lord"
£600
Special
offer £400

Tailor Award
1975
Cloth
Tweed
Finest Cloth
About Tweed
All You Need-Tweed
Every tailor has his own pattern

ZEITREISE

Watson hat es in einem aufgeschlagenen Buch gelesen: Jeder Schneider, der etwas auf sich hält, hat sein eigenes Stoffmuster. Sherlock Holmes, der Fünfte, ist sehr stolz auf seinen Assistenten. Diese wichtige Information verdankt er nur Watsons scharfen Augen.
Die kalte Spur ist wieder heiß geworden!
Man kann also leicht herausfinden, wo der Mantel des Täters geschneidert wurde.
„Kennen Sie das Muster denn?“, fragt Watson den alten Mann.
„No, I don’t. Sorry, boys.“ Schade!

Tuesday afternoon. Am Dienstagnachmittag brütet Sherlock noch immer über dem anderen Rätsel.
Als Watson ins Detektivbüro kommt, sitzt sein Freund auf dem Sofa. Seine Beine sind

ausgestreckt, die Füße liegen auf dem Tisch. „Wie geht's dir?“, fragt Watson.

„Tweed is very thick“, murmelt Sherlock, statt auf die Frage nach seinem Befinden zu antworten. **„Why did it tear?“**

Watson zuckt mit den Schultern. Auch er denkt über diese Frage nach: Tweed ist sehr dick. Warum ist der Stoff gerissen?

Plötzlich fällt Watson seine Gammelhose ein. Die ist beim Klettern auf einen Baum auch aufgerissen. Aber nur, weil die schon seine drei Brüder vor ihm getragen haben.

„Vielleicht ist der Stoff schon sehr alt?“, sagt er. „Oder sehr abgetragen.“

Sherlocks Augen blitzen auf. **„Good idea, my clever assistant!“**, lobt er Watson.

Watson wächst glatt ein paar Zentimeter vor Stolz. Ja, er ist ein cleverer Assistent mit vielen guten Ideen!

Sein Chef hat schon einen neuen Auftrag für ihn. **„Go to the London Transport Museum“**, bittet er. **„We need a list of former employees of Transport for London.“**
Watson macht sich gehorsam auf den Weg. Er hofft, dass man ihm im Transport-Museum wirklich die erhoffte Liste ehemaliger Mitarbeiter überreichen wird.
Sherlock bleibt im Büro und wälzt das Telefonbuch von London. Besonders interessiert er sich für die Schneider. Weil der Stoff so alt ist, will er mit denen anfangen, die schon lange im Geschäft sind. Vielleicht kann einer von ihnen weiterhelfen.

Watson ist ein bisschen mulmig zumute, als er das große **London Transport Museum** betritt, das von der **Transport for London** betrieben wird. Aber dann staunt er so sehr, dass er fast vergisst, warum er hier ist.
Hier sind Dutzende von alten Autobussen, Pferdekutschen und Uniformen ausgestellt.

Nach einer Stunde besinnt Watson sich und traut sich, einen der Mitarbeiter anzusprechen. Der Mann bringt ihn zum Büro von Mrs Miller. Die alte Dame kümmert sich um die Geschichte der Gesellschaft. Im Regal hinter ihrem Schreibtisch stehen Hunderte von Aktenordnern.

„Hello, young fellow“, grüßt Mrs Miller.

„Can I help you?“

Watsons Magen entspannt sich ein wenig. Mrs Miller erinnert ihn an seine Großtante Betty. Er räuspert sich.

„Sie können mir in der Tat helfen“, antwortet er freundlich. „Ich benötige eine Liste von früheren Angestellten.“

Mrs Miller sieht ihn an.

„What for?“, fragt sie. **„This is sensitive information.“**

Watson beißt sich auf die Unterlippe. Daran hat er ja gar nicht gedacht. Datenschutz wird hier natürlich sehr ernst genommen. Die Informationen bekommt man nicht einfach so.

Watson schluckt. Einen Grund hat er sich nicht ausgedacht. Da kommt ihm wieder seine Großtante in den Sinn.
„Meine Großtante Betty hatte einen Schulfreund, der hier gearbeitet hat“, flunkert Watson. „Zu ihrem neunzigsten Geburtstag würde ich ihn gerne als Überraschung einladen. Ich habe vergessen, wie sein Name ist. Aber wenn ich ihn sehe, weiß ich es wieder!“
Ob sie ihm diese Ausrede wirklich abkaufen wird? Watson ist etwas nervös. Aber tatsächlich hat er die richtige Strategie gewählt: Die Augen der alten Dame leuchten auf. So einen Großneffen wie Watson wünscht sie sich scheinbar auch. Zwinkernd reicht Mrs Miller ihm einen Ordner mit Namen. Watson darf sie sogar kopieren! Aber sobald er hat, was er braucht, soll er die Kopien zerreißen. Damit sie nicht in falsche Hände geraten.
„Versprochen!“, sagt Watson froh.

Zurück im Büro wird er schon von Sherlock erwartet. Mortimer, der Rabe, hockt auf Sherlocks Schulter. Es sieht ein bisschen gruselig aus.

„What shall we do with the drunken sailor?“, krächzt der Rabe, obwohl weit und breit kein betrunkener Seemann zu sehen ist.

„Did you get the list?“, fragt Sherlock ungeduldig.

Watson lächelt. „Natürlich habe ich die Liste“, bestätigt er und zieht sie aus der Tasche.

„Good work!“, lobt Sherlock. Seine eigene Liste liegt schon auf dem Tisch. Darauf stehen die Namen von langjährigen Schneidern, die sich mit alten Mustern und Moden bestens auskennen sollten.

Aber Watsons Liste findet Sherlock jetzt erst einmal spannender.

„I can't believe it!“, jubelt er plötzlich los.

Transport for London

Anna Black
Sam Brown
Neill Button
Tim Davis
John Freeman
Lewis Gardner
Oliver Goodman
Tilda Greene
Gregory Hamm
Mel Hibbert
Chuck Martin
Doro McCarthy
Ellie Megson
Gordon Miller
John Oxfortt
Julian Preston
Julie Smith
Bernhard Tucker

Tailors

Mick Bancroft
Harry Carter-Brown
Lisa Curtis
Bernie Lockhart
Tom Morrison
Allan Muir
Quentin Oxfortt
Donald Sheard

Was hat Sherlock Holmes auf den Listen entdeckt?

Sherlock hat natürlich sofort erkannt, dass es auf den Listen eine Übereinstimmung gibt. Zwei Männer mit dem seltenen Nachnamen Oxfortt tauchen dort auf: Quentin Oxfortt und John Oxfortt. Quentin war Schneider, John hat bei **Transport for London** gearbeitet. Das kann Zufall sein, aber vielleicht steckt mehr dahinter … Könnte der Schneider Quentin tatsächlich der Täter sein?
Sherlock fährt einen alten Computer hoch, den er ins Büro gebracht hat. Schnell findet er im Internet, was er wissen möchte.
„Today only two people with the name Oxfortt are listed in London", murmelt er.
„Diana Oxfortt and Z. Oxfortt."
Heute sind also nur noch zwei Personen mit dem Namen Oxfortt in London gelistet. Beide ruft Sherlock sofort an. Diana ist erst fünfundzwanzig Jahre alt, wie Sherlock ihr entlockt.
Der zweite Kontakt verspricht mehr Erfolg. Hinter dem Z. steckt ein Zacharias.

„Are you a tailor?“, fragt Sherlock ganz freundlich.
Zacharias hat Schneider gelernt – aber er arbeitet nicht mehr in diesem Beruf. Mehr verrät der knurrige Mann am Telefon nicht. Verärgert über die Störung knallt er den Hörer auf.
„Let's visit this guy tomorrow“, beschließt Sherlock. **„Now it's too late.“**
Ja, für heute ist es wohl zu spät für einen Besuch bei diesem Kerl.

Wednesday afternoon.
Am Mittwochnachmittag machen sich die beiden also auf den Weg. Watson seufzt schwer. Dass Detektive so viel laufen müssen! Diesmal, um den Schneider Zacharias zu besuchen. Das Leben eines Detektivs ist wirklich kein Ponyhof!
Nach einer halben Stunde erreichen die beiden Freunde die Docks an der Themse. Watson sieht sich verunsichert um.

Das hier ist echt nicht die feinste Gegend. Die Häuser in der Straße sind baufällig und viele seit Jahrzehnten nicht mehr renoviert worden. Der anhaltende Nebel rundherum macht alles noch unheimlicher. Watson bekommt eine Gänsehaut.

Sherlock steht jedoch schon vor dem Laden des ehemaligen Schneiders. Er befindet sich in einem kleinen Einfamilienhaus. Die Geschäfte scheinen nicht sonderlich gut zu laufen: Die Scheibe des Schaufensters ist trüb vor Staub. **„Oxfortt Tailors“** ist darauf zu lesen, und darunter, kaum noch erkennbar: **„Ladies and Gentlemen“**.

Neben der Tür ist jedoch ein neueres Schild angebracht:

Watson staunt. Dieser Zacharias scheint ein vielseitiger Mann zu sein. Er war nicht nur Schneider, sondern kauft, verkauft und repariert auch Filmprojektoren aller Art.

Die Tür ist geschlossen. Sherlock klingelt. Einmal. Zweimal. Dreimal. Doch niemand öffnet. Sherlock geht die zwei Stufen zurück und sieht sich das Haus noch einmal genauer an.

„Lass uns abhauen“, sagt Watson. „Es ist niemand da.“

Doch Sherlock schüttelt den Kopf. **„Someone is at home“**, widerspricht er. **„I know it.“**

?

Woher weiß Sherlock, dass jemand zu Hause ist und nicht öffnen will?

Oxfortt Tailors
Ladies
Z.O. Repair

EIN HAUFEN TECHNIK

Genial! Watson war es gar nicht aufgefallen: Wenn man genau hinsieht, zeichnet sich im Fenster unten der Schatten eines Mannes ab. Watson lernt eben täglich dazu!

Sherlock lehnt sich gegen die Klingel, bis die Ladentür endlich ein Stück weit geöffnet wird.

„Get lost!“, schimpft der Mann gleich los.

„The shop is closed!“

Sie sollen sich verziehen? Das Geschäft ist geschlossen? Von solchen Aussagen lässt sich Sherlock nicht aus der Ruhe bringen. Er stellt seinen Fuß auf die Schwelle, bevor der Mann die Tür wieder schließen kann.

„Are you Zacharias Oxfortt?“, fragt der Detektiv höflich.

„Yes, who wants to know?“, fragt Zacharias barsch zurück.

Sherlock kann natürlich unmöglich verraten, wer das wissen möchte.

Watson ist also gespannt, welchen Trick sein Freund diesmal als Tarnung benutzt. **„My name is …"**, beginnt er. Weiter kommt Sherlock nicht. Zacharias Oxfortt tritt Sherlock auf den Fuß. Automatisch zieht Sherlock ihn weg – und zu ist die Tür.

„Das war aber ein unangenehmer Zeitgenosse", findet Watson. „Leider hat unser Besuch hier nicht viel gebracht."

Doch Sherlock ist ein wichtiges Detail aufgefallen: Der Mann trug einen zwar alten, aber doch sehr feinen Anzug aus Seide.

Die beiden Detektive ziehen weiter. Aber Sherlock glaubt, dass sie auf der richtigen Spur sind. **„We're on the right track, Watson"**, murmelt er vor sich hin.

Watson freut sich auf sein Zimmer zu Hause. Neben seinem Bett liegt nämlich der neueste Krimi: **The Killer is Always the Butler**. Wenn es doch in Wirklichkeit so einfach und der Mörder immer der Butler wäre … Allerdings wären die Jungs dann wohl arbeitslos.

Watson würde den Krimi gerne endlich anfangen. Doch Sherlock hat eine andere Idee: Sie klingeln bei einigen Nachbarn. Zuerst öffnet niemand. Erst am Ende der Straße macht endlich ein alter Mann auf. „Crisp“ steht auf dem Klingelschild. Und Mr Crisp erzählt bereitwillig von der Familie Oxfortt.

Die Oxfortts waren seit Generationen angesehene Schneider, so auch Quentin, der noch viele Adelige einkleidete.

Doch dessen Sohn John wollte vom Schneiderhandwerk nichts wissen und interessierte sich viel mehr für Technik. Er wurde Techniker bei der U-Bahn, wo er die Schienen reparierte und Ähnliches. Die Schneiderei übernahm zu Quentins Glück schließlich Johns Sohn Zacharias. **„But Zack didn't earn anything"**, verrät der alte Mann. **„So he opened a new shop. But his business is still not going well."** Zack verdiente also als Schneider nichts. Und der neue Laden läuft auch nicht besonders. Das ist gut zu wissen!

Mister Crisp beugt sich zu den beiden Besuchern hinüber und flüstert ihnen verschwörerisch zu: **„He wears the suits of his grandfather!“**

Watson findet das interessant. Er würde auch gerne die Anzüge seines Großvaters tragen. Dann würden sich die Leute nicht nur nach Sherlocks komischer Mütze umdrehen!

Dummerweise hat Watsons Opa nie Anzüge besessen.

Seit fünf Jahren bastelt Zacharias Oxfortt ständig an irgendwelchen Geräten herum. Das hat schon sein Vater so gemacht. Aber diese Maschinen bekommt nie jemand zu sehen, berichtet Mister Crisp.

„Well, why not?“, schließt der alte Mann. **„He has enough time, hasn't he?“**

Auch Mister Crisp hat offenbar genügend Zeit. Er redet und redet.

„Would you like some tea?“, fragt er zwischendurch. **„I also have scones with jam!“**

Tee und Gebäck wären jetzt genau das Richtige. Watson liebt Scones mit Marmelade! Aber Sherlock schüttelt den Kopf.
Als die Jungen sich endlich von dem Herrn loseisen können, ist es schon später Nachmittag.
„Zacharias is our man!“, ist sich Sherlock sicher. **„He’s got something to do with the theft!“**
Watson zuckt mit den Schultern. Hat Zacharias wirklich etwas mit dem Raub zu tun? Sie werden es herausfinden. So schnell wie möglich.

Durch den immer dichter werdenden Nebel kehren die beiden Freunde zum Schneidergeschäft zurück.
„Stay here and watch the house“, kommandiert Sherlock.
Watson muss schlucken. „A-a-alleine?“, stammelt er.
Blöderweise nickt der Meisterdetektiv. **„Yes, alone“**, bestätigt er. **„I have to go and get something.“** Dann verschwindet er im Nebel.
Watson seufzt schwer. Sherlock muss noch etwas besorgen. Und Watson steht so lange allein hier herum.
Er lehnt sich missmutig an die Mauer schräg gegenüber vom Schneiderladen. Als Sherlock nach zwanzig Minuten zurückkommt, steht Watson immer noch brav auf seinem Posten. Sherlocks Mantel ist an der Seite ausgebeult. Er versteckt einen geheimnisvollen Gegenstand in seiner Tasche. Watson will gerade danach fragen, doch da geht alles blitzschnell: Die Tür des Ladens geht auf

und Zacharias schlüpft heraus. Er hat einen altmodischen Koffer in der Hand. Ohne sich umzudrehen, läuft er Richtung Themse. Sherlock und Watson bemerkt er nicht.
Die Detektive nehmen die Verfolgung auf.
Je näher sie der Themse kommen, desto dichter wird der Nebel.
Zacharias steigt die rutschigen Stufen nach unten und wartet an einem Pier, offenbar auf ein Boot.
Sherlock grinst. **„We're going to beat him at his own game!“** Er zieht Watson in eine Nische am Kai.

„Du willst ihn mit seinen eigenen Waffen schlagen?“, flüstert Watson zurück. „Hat das etwas mit dem zu tun, was du in der Tasche versteckt hast?“

Sherlock nickt. Er holt einen kleinen Beamer heraus und stellt ihn auf eine rostige Mülltonne.

Dann schaltet er ihn ein und projiziert ein Bild auf den Nebel – die beste Leinwand, die es gibt.

Watson erschrickt. Es ist das Bild des gestohlenen Bischofs aus den Zeitungen! Riesengroß scheint er über der Themse zu schweben.

„Bring me back to my friends!“, stöhnt Sherlock, als sei er die Schachfigur. Geisterhaft hallt seine Stimme von den Wänden der Lagerhallen wider.

Watson kichert. Genau! Der Bischof will zurück zu seinen Freunden!

Zacharias Oxfortt rennt, so schnell ihn seine Beine tragen. Den Koffer hält er dabei fest umklammert. Noch einmal heult Sherlock los: **„Leave the suitcase here and run, you slimy worm!“**
Trotz all der Spannung muss Watson kichern. Er ist sich nicht sicher, ob ein echter Bischof jemanden als schleimigen Wurm bezeichnen würde. Aber den Koffer soll Mr Oxfortt auf jeden Fall stehen lassen.

Zacharias rennt um eine Häuserecke. Watson und Sherlock folgen ihm, so schnell sie können. Doch als sie den Flüchtigen wieder sehen, hat er den Koffer nicht mehr.
„Run, Watson!“, feuert der Detektiv seinen Assistenten an. **„We must ask him where the suitcase is!“**
Watson jedoch bleibt stehen. „Nein, wir müssen ihn nicht fragen, wo der Koffer ist“, widerspricht er lächelnd. „Ich weiß es nämlich. Auf dem Hinweg habe ich mir diese Stelle hier ganz genau eingeprägt. Und nun ist etwas anders.“

?

Schau dir die folgenden zwei Seiten an.
Woher weiß Watson, wo Zacharias den Koffer versteckt hat? Was hat sich verändert?

VORHER

NACHHER

DIE RÜCKKEHR DES BISCHOFS

Sherlock Holmes, der Fünfte, gönnt seinem Assistenten den Triumph von ganzem Herzen. Watson geht zu der Mülltonne mit dem schiefen Deckel und öffnet ihn. Tatsächlich! Hier hinein hat Zacharias in aller Eile seinen Koffer gestopft. Watson zieht das Gepäckstück heraus.

„This is your masterpiece!“, lobt der Detektiv und klopft Watson auf die Schulter. **„You're a brilliant assistant!“**

Da platzt Watson fast vor Stolz. Sherlock meint, das Auffinden des Koffers sei Watsons Meisterstück! Und Watson sei ein brillanter Assistent.

Deshalb überlässt Watson es auch seinem Chef, den Koffer zu öffnen.

Sherlock nimmt die Ehre gerne an. Mit bedeutender Geste lässt er ihn aufschnappen und greift hinein. Watson sieht nur einen Haufen Kleider und etwas Papier darin. Zacharias hatte offenbar vor, die Stadt zu verlassen.

Wie in Zeitlupe zieht Sherlock seine Hand wieder hervor. Er hält eine Figur aus Elfenbein.

„Your Grace“, sagt Sherlock feierlich. **„Now you'll go back to your friends.“**

Und was dann kommt, verblüfft Watson sehr. Nicht aber Sherlock. Der erklärt seinem Gehilfen, dass er schon lange eine Vermutung hatte. Zacharias' neuer Beruf hat ihn nachdenklich gemacht. Und nun bestätigt sich Sherlocks Verdacht: Der Bischof ist gar nicht kopflos! Er trägt seinen Kopf dort, wo er hingehört. Auf dem Hals.
„Aber …", beginnt Watson. Doch Sherlock unterbricht ihn.
„Zacharias didn't destroy the chessman", sagt Sherlock. **„It was a trick. He wanted the security guards to open the showcase. That's all."**
Zacharias hat die Figur gar nicht beschädigt? Es war alles bloß ein Trick, damit die Wachmänner die Vitrine öffnen?
Watson ist sprachlos.
Anscheinend hat der Dieb den Kopf mit einem seiner speziellen Projektoren verschwinden lassen. Es war eine optische Täuschung!

„Now we'll bring His Grace back to the British Museum", beschließt Sherlock und packt die Figur vorsichtig wieder in den Koffer.
Das Papier erweist sich als altes Kartenmaterial der U-Bahn. Zacharias Oxfortt muss es von seinem Vater John geerbt haben. Jedenfalls liegt auch ein Brief von John an seinen Sohn bei den Plänen.

Und dann tun die beiden Detektive, was Sherlock vorgeschlagen hat: Sie bringen Seine Gnaden, den Bischof, zurück zum Museum.
Dort treiben sich noch immer viele Polizisten herum. Sherlock schlägt den Kragen seines Mantels hoch. Watson nimmt zur Tarnung die Brille ab. Schließlich kleben mittlerweile an fast jeder Laterne die Phantombilder der beiden angeblichen Diebe.
Genau vor dem Eingang des Museums stellt Sherlock den Koffer ab.

„You are home again“, flüstert er und streicht ein letztes Mal über den Koffer. Die wertvolle Schachfigur ist wieder zu Hause, der Fall „Kopfloser Bischof“ ist gelöst.

Auf dem Weg ins Detektivbüro steht zum Glück eine alte Telefonzelle. Sherlock wirft ein paar Pence-Stücke in den Schlitz und ruft das Museum an.

„Hello, this is Mister White speaking“, näselt er mit verstellter Stimme. **„The bishop is back. Look at the suitcase. It's at the entrance of the museum. And find Zacharias Oxfortt!“**

Dann legt er auf.

Watson geht in Gedanken noch einmal den ganzen Fall durch. Sie haben gesehen, wie der Dieb spurlos verschwunden ist. So kamen sie darauf, die alten U-Bahn-Pläne zu checken. Über den Stoff seines Mantels sind sie auf die Idee gekommen, dass ein Schneider sie weiterbringen könnte, durch die Liste der **Transport for London** fanden sie den Namen heraus. Und Sherlock dachte sich bald, dass der Kopf niemals abgeschlagen worden war.

Watson ist beeindruckt.
Von seinem Chef.
Und von sich selbst.
Mittlerweile ist auch er ein richtig guter Detektiv geworden, findet er.
Die Sonne kommt heraus. Vor dem Detektivbüro bleiben die beiden Freunde stehen. Mortimer, der Rabe, krächzt schon aufgeregt aus dem Fenster.
„Help!“, kräht er. **„I need some detectives!“**
Watson lacht. „Wir sind Detektive!“, ruft er zum Fenster hinauf. „Wir helfen dir!“
Da tippt ihm jemand auf die Schulter.
Es ist Shirley, das Mädchen mit dem Roller.
„Are you really detectives?“, will sie wissen. **„Have you solved a case yet?“**
Watson nickt. „Ja, wir sind wirklich Detektive“, antwortet er. „Und Fälle haben wir schon viele gelöst.“
Shirley reibt sich die Nase und denkt nach.
„What about the headless pope?“, fragt sie dann.

Watson grinst. „Das war kein Papst, das war ein Bischof“, verbessert er. „Und den Fall haben wir gerade eben gelöst!“

Shirley zieht die Nase kraus. **„I don’t believe you!“**, lacht sie und rollert davon.

Watson seufzt. „Beim nächsten Fall werden wir Shirley einen Beweis liefern, oder?“

Sherlock lächelt. **„I’m sure we’ll prove how brilliant we are!“**

„Ja“, denkt Watson. „Wir werden beweisen, wie brillant wir sind!“

Dann schließen sie die Tür auf und füttern den Raben Mortimer. **„Good morning, good afternoon, good evening, good night“**, wünscht das Tier höflich.

Und irgendwo in der großen Stadt wird gerade wieder ein Verbrechen begangen, für dessen Aufklärung großartige Detektive benötigt werden. Die besten: Sherlock und Watson.

GLOSSARY – GLOSSAR

Englisch anhören unter: www.duden-leseprofi.de/Sherlock-Bischof

4	Saturday morning.	Samstagmorgen.
4	It's cold, Watson! Very cold.	Es ist kalt, Watson! Sehr kalt.
5	This way.	Hier entlang.
6	Now we have to turn left. Then we have to turn right. And then right again.	Nun müssen wir links abbiegen. Dann müssen wir rechts abbiegen. Und dann noch einmal rechts.
6	Holborn Station is close to our target.	Die Haltestelle Holborn ist nah an unserem Ziel.
6	Tottenham Court Road	Name einer U-Bahn-Haltestelle
6	THE BRITISH MUSEUM	Britisches Museum (großes Londoner Museum für Kulturgeschichte)
6	This is my favourite museum.	Dies ist mein Lieblingsmuseum.
7	Good morning, madam.	Guten Morgen, gnädige Frau.
7	Good morning, kid. What can I do for you?	Guten Morgen, Kind. Was kann ich für dich tun?
7	I'd like to buy a catalogue.	Ich würde gern einen Katalog kaufen.
7	That's two pounds, please.	Das macht zwei Pfund, bitte.
8	Oh, look at this! The Lewis Chessmen from the Middle Ages. They're wonderful, aren't they?	Oh, sieht dir das an! Die Lewis-Schachfiguren aus dem Mittelalter. Sie sind wundervoll, nicht wahr?
9	Let's look at the real ones. They're on the upper floor, in room 40.	Schauen wir uns die echten an. Sie sind im Obergeschoss, in Raum 40.
9	Lewis Chessmen	Lewis-Schachfiguren (Figuren aus Elfenbein. Sie entstanden wohl im 12. Jahrhundert in Norwegen. Im 19. Jahrhundert wurden sie auf einer schottischen Insel gefunden.)
9	There are sixteen chessmen in this showcase.	In dieser Vitrine sind sechzehn Schachfiguren.
10	They're more than eight hundred years old! I like the king, the queen and the knight most.	Sie sind über achthundert Jahre alt! Ich mag den König, die Königin und den Ritter am liebsten.
10	The bishop has no head!	Der Bischof hat keinen Kopf!
11	But he does have a head here!	Aber hier hat er einen Kopf!

12	Shhh! Quiet, please!	Psst! Ruhe, bitte!
12	Somebody has destroyed it!	Jemand hat ihn zerstört!
13	Watson! We have a new case! The case of the headless bishop!	Watson! Wir haben einen neuen Fall! Den Fall des kopflosen Bischofs!
13	Go and call a security guard!	Geh und ruf einen Wachmann!
16	What? Somebody has destroyed the bishop?	Was? Jemand hat den Bischof zerstört?
16	This is Tom speaking. Come to room 40. Immediately!	Hier spricht Tom. Kommt in Raum 40! Sofort!
17	Hello, my name is Professor Paul Pingle. What happened?	Hallo, mein Name ist Professor Paul Pingle. Was ist passiert?
17	My name is Sherlock Holmes. Yes, exactly. Sherlock Holmes. Like the famous detective.	Mein Name ist Sherlock Holmes. Ja, genau. Sherlock Holmes. Wie der berühmte Detektiv.
18	Oh, dear! The poor, poor bishop!	Ach je! Der arme, arme Bischof!
19	The glass is not broken. And the lock is closed.	Das Glas ist nicht zerbrochen. Und das Schloss ist zu/verschlossen.
19	Try to open the showcase!	Versucht, die Vitrine zu öffnen!
19	Stop it!	Hört auf!
20	Okay. The alarm system is working well.	Okay. Die Alarmanlage funktioniert gut.
20	Well, I'll take the key. Let's have a closer look at the bishop.	Nun, ich werde den Schlüssel nehmen. Lasst uns den Bischof genauer ansehen.
20	At first we'll protect the Chessmen.	Zuerst sichern wir die Schachfiguren.
21	Now do what you have to do.	Nun tu, was du tun musst.
21	God save the Queen!	Gott schütze die Königin!
21	Can I have a look?	Darf ich mal schauen?
23	William, where are you?	William, wo bist du?
23	Ow! That was my foot!	Aua! Das war mein Fuß!
23	Does anybody know where the toilets are?	Weiß jemand, wo die Toiletten sind?
23	Watson, help! I've got him!	Watson, Hilfe! Ich habe ihn!
23	Argh. Now he's gone!	Argh. Jetzt ist er weg!
24	Quick, we have to leave.	Schnell, wir müssen verschwinden.
24	Look! That's the thief!	Schau! Das ist der Dieb!

26	It's the same pattern!	Es ist das gleiche Muster!
26	Walk slowly, Watson! Don't draw attention to yourself!	Geh langsam, Watson! Fall nicht auf!
27	Maybe. But the real thief is right in front of us!	Vielleicht. Aber der wirkliche Dieb ist genau vor uns!
27	Follow him. We'll catch the thief.	Folge ihm. Wir werden den Dieb schnappen.
28	He has disappeared without a trace.	Er ist spurlos verschwunden.
28	Let's go to our detective agency.	Lass uns in unser Detektivbüro gehen.
29	Have you heard the news?	Habt ihr schon die Neuigkeiten gehört?
29	Which news?	Welche Neuigkeiten?
29	There was a theft at the British Museum. Someone stole one of the Lewis Chessmen.	Es gab einen Diebstahl im Britischen Museum. Jemand hat eine der Lewis-Schachfiguren gestohlen.
30	Of course we know. We're detectives!	Natürlich wissen wir das. Wir sind Detektive!
30	I don't believe you!	Ich glaube euch nicht!
30	Merry Christmas and a Happy New Year!	Frohe Weihnachten und ein glückliches neues Jahr!
30	Nobody can vanish into thin air.	Niemand kann sich in Luft auflösen.
31	There must be another explanation.	Es muss eine andere Erklärung geben.
31	Come with me, my friend!	Komm mit, mein Freund!
31	Saturday afternoon.	Samstagnachmittag.
31	Transport for London (TfL)	Transport für London (diese Gesellschaft ist in London für den öffentlichen Verkehr zuständig, also für U-Bahn, Busse usw.)
32	Good afternoon.	Guten (Nachmit)Tag.
32	What can I do for you?	Was kann ich für dich tun?
32	Can you give me an old city map, please?	Können Sie mir bitte einen alten Stadtplan geben?
32	Thank you very much. How much is it?	Vielen Dank. Was kostet das?
32	It's free.	Der ist umsonst.
32	Bingo! Now we know where the thief has gone!	Bingo! Jetzt wissen wir, wohin der Dieb gegangen ist!
33	Closed in 1933.	1933 geschlossen.
34	British Museum	Britisches Museum (siehe auch S. 90)
34	Let's go back to the crime scene.	Lass uns zurück zum Tatort gehen.

35	Sunday morning.	Sonntagmorgen.
35	There are bobbies everywhere.	Überall sind Polizisten.
35	cigarettes, chewing gum, crisps, chocolate	Zigaretten, Kaugummi, Chips, Schokolade
36	Wanted	Gesucht
	about ten-year-old boy	etwa zehnjähriger Junge
	dark hair	dunkles Haar
	blue eyes	blaue Augen
	cold-blooded	kaltblütig
	strange clothes	seltsame Kleidung
	weird hat	seltsamer Hut
	dangerous	gefährlich
37	Precise description.	Genaue Beschreibung.
	But I'm not dangerous.	Aber ich bin nicht gefährlich.
38	This is the place.	Das ist die Stelle.
	Right here was the entrance of the old station.	Genau hier war der Eingang der alten Station.
38	You have excellent eyes!	Du hast hervorragende Augen!
39	Are we fearless and cold-blooded?	Sind wir furchtlos und kaltblütig?
39	The thief went this way.	Der Dieb hat diesen Weg genommen.
	But how did he know it?	Aber woher kennt er ihn?
42	Watson, there you are again!	Watson, da bist du wieder!
	You're brave enough to follow me.	Du bist mutig genug, um mir zu folgen,
43	I think this is the way to the old station.	Ich glaube, das ist der Weg zu der alten Station.
	It must be the right direction.	Es muss die richtige Richtung sein.
43	Watch out!	Pass auf!
44	One, two, three.	Eins, zwei, drei.
44	Phew!	Puh!
	That was close! Let's get out of here!	Das war knapp! Lass uns von hier verschwinden!
44	The thief knows the underground tunnels very well.	Der Dieb kennt die U-Bahn-Schächte sehr gut.
	But why?	Aber warum?
45	Watson! This is not jeans, it's tweed!	Watson! Das ist nicht Jeansstoff, das ist Tweed!
46	We have to ask a tailor.	Wir müssen einen Schneider fragen.
	But not today. No tailor will work on Sundays.	Aber nicht heute. Kein Schneider wird sonntags arbeiten.
46	Monday morning.	Montagmorgen.

46	Come to the agency at four o'clock.	Komm um vier Uhr zum Büro.
47	Monday afternoon.	Montagnachmittag.
47	We have to hurry up! The tailor is waiting for us.	Wir müssen uns beeilen! Der Schneider wartet auf uns.
47	London News. Special Edition. Theft at the museum. Chessman stolen. Who knows these boys?	London Nachrichten. Sonderausgabe. Diebstahl im Museum. Schachfigur gestohlen. Wer kennt diese Jungen?
48	Let's move to Australia.	Lass uns nach Australien ziehen.
49	The tailor is very old.	Der Schneider ist sehr alt.
50	Good afternoon, Sir. I … eh, my boss called you one hour ago.	Guten (Nachmit)Tag, der Herr. Ich … äh, mein Boss hat Sie vor einer Stunde angerufen.
50	It's about the tweed, isn't it?	Es geht um den Tweed, nicht wahr?
50	Nice pattern! Can I have a look?	Schönes Muster! Darf ich mal sehen?
51	fine quality; heavy; almost rainproof; robust	feine Qualität; schwer; fast wasserdicht; robust/stabil
52	Special offer £400; "Gentleman" £400; "Lord" £600	Sonderangebot 400 Pfund; „Herr" 400 Pfund; „Lord" 600 Pfund
53	Tailor Award 1975	Schneider-Auszeichnung 1975
53	Best Cloth; Tweed; Finest Cloth; About Tweed; All you need – Tweed	Bester Stoff; Tweed; Feinster Stoff; Über Tweed; Alles, was du brauchst – Tweed
53	Every tailor has his own pattern.	Jeder Schneider hat sein eigenes Muster.
54	No, I don't. Sorry, boys.	Nein, tu ich nicht. Sorry, Jungs.
54	Tuesday afternoon.	Dienstagnachmittag.
55	Tweed is very thick. Why did it tear?	Tweed ist sehr dick. Warum ist er gerissen?
55	Good idea, my clever assistant!	Gute Idee, mein cleverer Assistent!
56	Go to the London Transport Museum. We need a list of former employees of Transport for London.	Geh zum London Transport Museum. Wir brauchen eine Liste früherer Angestellter von Transport for London.
57	Hello, young fellow. Can I help you?	Hallo, junger Mann. Kann ich dir helfen?
57	What for? This is sensitive information.	Wozu? Das sind sensible Informationen.
59	What shall we do with the drunken sailor?	Was sollen wir mit dem betrunkenen Seemann machen? (Hierbei handelt es sich um ein traditionelles Seemannslied.)

59	Did you get the list?	Hast du die Liste bekommen?
59	Good work!	Gute Arbeit!
59	I can't believe it!	Ich kann es nicht glauben!
61	Transport for London	Transport für London (siehe auch S. 92)
61	Today only two people with the name Oxfortt are listed in London. Diana Oxfortt and Z. Oxfortt.	Heute sind nur zwei Personen mit dem Namen Oxfortt in London verzeichnet. Diana Oxfortt und Z. Oxfortt.
62	Are you a tailor?	Sind Sie Schneider?
62	Let's visit this guy tomorrow. Now it's too late.	Lass uns diesen Typen morgen besuchen. Jetzt ist es zu spät.
62	Wednesday afternoon.	Mittwochnachmittag.
63	Oxfortt Tailors Ladies and Gentlemen	Oxfortt-Schneider Damen und Herren
63	Z.O. Repair We buy, sell and repair all film projectors!	Z.O. Reparatur Wir kaufen, verkaufen und reparieren alle Filmprojektoren!
64	Someone is at home. I know it.	Jemand ist zu Hause. Ich weiß es.
66	Get lost! The shop is closed!	Verschwindet! Das Geschäft ist geschlossen!
66	Are you Zacharias Oxfortt?	Sind Sie Zacharias Oxfortt?
66	Yes, who wants to know?	Ja, wer will das wissen?
67	My name is …	Mein Name ist …
67	We're on the right track, Watson.	Wir sind auf der richtigen Spur, Watson.
67	The Killer is Always the Butler.	Der Mörder ist immer der Butler.
69	But Zack didn't earn anything. So he opened a new shop. But his business is still not going well.	Aber Zack verdiente nichts. Darum hat er ein neues Geschäft eröffnet. Aber seine Geschäfte gehen immer noch nicht gut.
70	He wears the suits of his grandfather!	Er trägt die Anzüge seines Großvaters!
70	Well, why not? He has enough time, hasn't he?	Na ja, warum nicht? Er hat genug Zeit, nicht wahr?
70	Would you like some tea? I also have scones with jam!	Möchtet ihr Tee? Ich habe auch Scones mit Marmelade!
71	Zacharias is our man! He's got something to do with the theft!	Zacharias ist unser Mann! Er hat etwas mit dem Diebstahl zu tun!
72	Stay here and watch the house.	Bleib hier und beobachte das Haus.
72	Yes, alone. I have to go and get something.	Ja, allein. Ich muss gehen und etwas holen.

73	We're going to beat him at his own game!	Wir werden ihn mit seinen eigenen Waffen schlagen! (wörtlich: Wir werden ihn in seinem eigenen Spiel schlagen!)
74	Bring me back to my friends!	Bring mich zu meinen Freunden zurück!
76	Leave the suitcase here and run, you slimy worm!	Lass den Koffer hier und renn, du schleimiger Wurm!
77	Run, Watson! We must ask him where the suitcase is!	Lauf, Watson! Wir müssen ihn fragen, wo der Koffer ist!
78–79	TOXIC; LITTER; STORE; CLOSED; CAUTION; FRAGILE	GIFTIG; MÜLL; LAGER; GESCHLOSSEN; ACHTUNG; ZERBRECHLICH
81	This is your masterpiece! You're a brilliant assistant!	Das ist dein Meisterwerk! Du bist ein brillanter Assistent!
81	Your Grace. Now you'll go back to your friends.	Euer Gnaden. Nun werden Sie zurück zu Ihren Freunden gehen.
82	Zacharias didn't destroy the chessman. It was a trick. He wanted the security guards to open the showcase. That's all.	Zacharias hat die Schachfigur nicht zerstört. Es war ein Trick. Er wollte, dass die Wachmänner die Vitrine öffnen. Das ist alles.
84	Now we'll bring His Grace back to the British Museum.	Nun werden wir Seine Gnaden zurück zum Britischen Museum bringen.
85	You are home again.	Du bist wieder zu Hause.
85	Hello, this is Mister White speaking. The bishop is back. Look at the suitcase. It's at the entrance of the museum. And find Zacharias Oxfortt!	Hallo, hier spricht Mister White. Der Bischof ist wieder da. Schauen Sie in den Koffer. Er ist am Eingang des Museums. Und finden Sie Zacharias Oxfortt!
86	Transport for London	Transport für London (siehe auch S. 92)
87	Help! I need some detectives!	Helft mir! Ich brauche Detektive!
87	Are you really detectives? Have you solved a case yet?	Seid ihr wirklich Detektive? Habt ihr schon einen Fall gelöst?
87	What about the headless pope?	Was ist mit dem kopflosen Papst?
88	I don't believe you!	Ich glaube euch nicht.
88	I'm sure we'll prove how brilliant we are!	Ich bin sicher, dass wir beweisen werden, wie brillant wir sind.
88	Good morning, good afternoon, good evening, good night.	Guten Morgen, guten (Nachmit)Tag, guten Abend, gute Nacht.

Hinweis: Damit es einheitlich ist und nicht verwirrt, setzen wir alle Anführungszeichen so: „ “
In einem englischen Text würdest du sie so setzen: “ ”

SHERLOCK JUNIOR

und das Grab von Westminster Abbey

THiLO

mit Bildern von Nikolai Renger

INHALT

(Im Glossar findest du alle Übersetzungen!)

Tipp:

Alle englischen Wörter und Sätze kannst du dir anhören unter: www.duden-leseprofi.de/Sherlock-Grab

HOHER BESUCH

Saturday morning.
Watson sieht aus dem Fenster des Detektivbüros. Es regnet in Strömen. Die Straßen von London sind wie ausgestorben. Wahrscheinlich wünschen sich sogar die Fische in der Themse Regenschirme.
An jedem Geschäft steht: **We are closed.**
Wir haben geschlossen. Und das an einem Samstagmorgen! Niemand geht freiwillig bei so einem Hundewetter vor die Tür.
Doch in diesem Moment klingelt es stürmisch.
Watson zuckt zusammen. Merkwürdig.
Er hat doch niemanden kommen sehen?
Watson schaut zu seinem Chef. Sherlock Holmes, der Fünfte, sitzt am Tisch und löst ein Kreuzworträtsel.
„Open the door, please“, murmelt er seelenruhig. **„The bell is ringing.“**
Also geht Watson hinunter und öffnet die Tür.

Doch kaum ist sie einen Spalt weit geöffnet, läuft Watson ein eiskalter Schauer über den Rücken.
Vor ihm steht eine ägyptische Mumie!
Groß ist sie, mager und ein bisschen wackelig auf den dünnen Beinen. Außerdem ist sie triefend nass und mit weißen Stoffbahnen umwickelt. Der Kragen ihres Mantels ist hochgeschlagen. Ein Hut mit breiter Krempe bedeckt den Kopf.
„Good morning, my young friend. May I come in?“, fragt die Mumie.
Natürlich will Watson den Kopf schütteln. Das schauerliche Wesen soll lieber nicht hereinkommen. Doch dann fällt ihm ein, dass Mumien in der Regel keine Mäntel tragen.

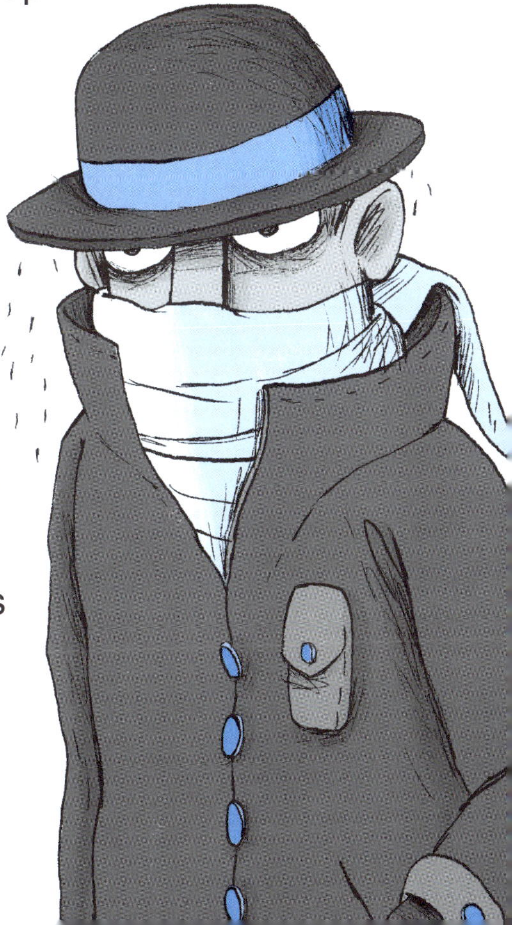

Watson ist verwirrt. Er bekommt kein Wort heraus, also nickt er.
Das Wesen schiebt sich an ihm vorbei in den Hausflur. Watson geht vor in die Wohnung im ersten Stock.
Hier wohnt eigentlich eine alte Lady.
Doch immer, wenn sie verreist ist, kümmern sich Sherlock und Watson um ihren Raben Mortimer.
Außerdem nutzen sie die Wohnung als Büro. Die beiden sind nämlich Detektive. Sherlock Holmes, der Fünfte, ist sogar ein direkter Nachfahr des berühmtesten Detektivs der Welt. Das behauptet er jedenfalls.
Und sein Assistent ist Walter aus Berlin. Aber Sherlock nennt ihn nur Watson.

„It's raining cats and dogs!", stöhnt das Wesen.
„Ja. W…w…wirklich ein Sauwetter", stammelt Watson. Er ist immer noch zittrig. Aber er muss auch ein bisschen schmunzeln. Wenn es richtig regnet, sagt man in England: „Es regnet Katzen und Hunde." Zum Glück ist das nicht wirklich so!
Langsam wickelt sich das Wesen aus seinen weißen Stoffbahnen. Runde um Runde taucht mehr von seinem Gesicht auf. Dann nimmt es den Hut ab und hängt den Mantel an den Kleiderständer.
Watson atmet tief durch. Dies hier ist eindeutig kein Monster. Es ist ein vornehmer älterer Herr.
Der Mann geht ans Fenster.
„I hope nobody has followed me", flüstert er. **„My case is top secret!"**
Auch Watson sieht auf die Straße. Niemand scheint dem Mann gefolgt zu sein. Ob sein Fall wirklich so furchtbar geheim ist?

„Where's the detective?", will der Mann dann wissen.
Watson führt den geheimnisvollen Unbekannten in ihr Büro.
Vor seinen Schreibtisch hat Sherlock hastig einen Paravent gestellt. So kann niemand sehen, wie jung er ist. Die Leute glauben sonst immer, er wäre nicht gut genug. Tsss! Wie die sich irren!
„I'm here!", antwortet Sherlock. **„What's your name?"**
Der Mann setzt sich auf einen Stuhl.
„Are you ill?", fragt er irritiert.
„Yes, I have the flu", röchelt Sherlock, als hätte er tatsächlich die Grippe. In Wirklichkeit soll der Besucher bloß nicht hören, dass er mit einem Kind spricht.
„But why are you here?" Nun will er den Grund des Besuches wissen.
Was dann folgt, lässt Watson staunen. Sie haben wahrhaft hohen Besuch. Es ist John Smith, der Dekan von **Westminster Abbey**.

Der Vorsteher der Kirche, in der die Königinnen und Könige von England gekrönt werden! Eine alte Freundin hat ihm Sherlock empfohlen, sagt der Dekan: Lady Margaret Wellington.
„Ah, der Bär von London!”, erinnert Watson sich an ihren ersten Fall.
Zufriedene Kunden sind eben die beste Werbung.
„I was robbed by an animal!“, zitiert Mortimer, der sich offenbar auch noch gut an die Lady erinnern kann.
Der Dekan kommt in einer sehr brisanten Angelegenheit zu Sherlock. In der Abtei sind bekanntlich unzählige Königinnen und Könige begraben. Außerdem weltberühmte Wissenschaftler wie Isaac Newton sowie Politiker, Schriftsteller und Komponisten.
„And a gentleman named Thomas Parr“, sagt John Smith.
„Thomas Parr?“, hakt Sherlock nach.
„Who's that? I've never heard of him.“

Jetzt ist Watson richtig von den Socken. Es gibt tatsächlich Dinge und Menschen, von denen sein Chef noch nie gehört hat. Der Dekan erklärt, wer Thomas Parr war. Dieser Herr wurde 1635 in der Abtei begraben. Aber nicht, weil er der Nation durch eine Großtat oder sein blaues Blut in Erinnerung geblieben ist. Nein.
„When Thomas Parr died, he was 152 years and 9 months old!“, flüstert der Dekan.
„Was!“, ruft Watson entsetzt dazwischen. „Er war fast 153 Jahre alt, als er starb?“
John Smith zuckt mit den Schultern.
„That's what the books say“, antwortet er. So steht es also in den Büchern geschrieben.

„Yesterday his grave was opened, by one single person“, sagt der Dekan mit düsterer Stimme.
Watson ist kurz vor einer Ohnmacht. So sehr wie heute hat er sich schon lange nicht mehr gegruselt. Warum öffnet ein einzelner Mensch das Grab eines Mannes, der seit fast 400 Jahren mausetot ist?
„What has been stolen?“, fragt Sherlock näselnd.
John Smith zuckt die Achseln – er kann es noch nicht sagen. Seine Männer haben das Grab erst einmal so gelassen, wie sie es vorgefunden haben. Schließlich wollten sie keine Spuren zunichte machen. Der Dekan fürchtet nun, dass der Täter wiederkommen könnte, um weitere Gräber auszuheben. Die Person muss also dingfest gemacht werden.
Der Besucher zieht ein Foto aus seiner Manteltasche und reicht es Watson.
Das Bild zeigt das aufgebrochene Grab. Die Grabplatte liegt quer darauf.

Er schiebt es unter dem Paravent hindurch. Nur 20 Sekunden später kommt es wieder zurück.

„Do you know the Eighth Commandment of the Bible?“, fragt Sherlock.

„Das achte Gebot der Bibel?“, wundert Watson sich. Lautet das nicht so ungefähr: „Du sollst nicht lügen“?

Der Dekan nimmt das Foto lächelnd wieder an sich.

„It hasn't been a lie. It has been a test“, antwortet er zufrieden. **„You're a good detective, Mr Holmes. Please come to the Abbey at 12 o'clock.“**

Watson versteht gar nichts. Was für ein Test war das?

„Na ja“, denkt er sich. „Um 12 Uhr an der Abtei werde ich mehr erfahren.“

?

Sieh dir das Bild rechts an. An welcher Stelle hat der Dekan in seiner Geschichte nicht ganz die Wahrheit gesagt?

THO: PARR OF YE COUNTY OF SALOPP
BORNE IN A.D: 1483. HE LIVED IN YE
REIGNES OF TEN PRINCES
VIZ: KING EDWARD 4. KING EDWARD 5.
KING RICHARD 3. KING HENRY 7.
KING HENRY 8. KING EDWARD 6. QUEEN
MARY. QUEEN ELIZABETH. KING JACOB &
KING CHARLES.
AGED: 152 YEARS
& WAS BURYED HERE NOVEMB. 15. 1635
THOMAS PARR

MITTEN IM GETÜMMEL

Saturday, noon.
Sherlock erklärt es Watson voll Stolz: Offensichtlich war es nicht nur ein Täter, sondern es waren zwei. Denn am Grab gab es zwei unterschiedliche Schuhabdrücke.

Um Punkt 12 Uhr mittags stehen Sherlock und Watson vor **Westminster Abbey**. Der Regen hat genauso schlagartig aufgehört, wie er gekommen ist. Zum Glück. Nun scheint die Sonne.
Watson fühlt sich trotzdem nicht wohl. Geöffnete Gräber mag er nicht besonders gerne. Und großes Gedränge auch nicht. Vor der Abtei wimmelt es aber nur so von Menschen. Sie ist schließlich eines der berühmtesten Bauwerke der Welt. Jeder Tourist in London will sie von innen sehen. Normalerweise muss man stundenlang

anstehen. Doch der Dekan hat den Jungs VIP-Ausweise gegeben. VIP steht für **„Very Important Person“**. Watson ist stolz, dass er eine sehr wichtige Person sein soll. Normalerweise bekommen diese Ausweise nur Mitglieder des Komitees für die Erhaltung der Kirchenschätze. Damit wird man sofort hineingelassen.

Der Wachmann sieht erst die Karten, dann die beiden Jungen prüfend an.

Schließlich nickt er ihnen zu und gibt Sherlock die Ausweise zurück.

„Where's your boss?“, will Sherlock wissen.

Der Wachmann spricht in sein Funkgerät. Nur zweieinhalb Minuten später steht ein wahrer Gorilla an der Kirchentür.
„Hi, my name is David“, sagt er locker. **„Are you Sherlock Holmes?“**
David lacht, als hätte er einen guten Witz gemacht.
Sherlock nickt, doch Watson tritt ihm auf den Fuß.
„No, we're his assistants“, widerspricht er schnell. **„The detective has the flu.“**
David erkennt die Erklärung mit einem Nicken an und bittet die beiden Jungen herein.
Gerade so, als wäre es nicht ein berühmtes Gotteshaus, sondern seine Wohnung.
Quer durchs Getümmel schreitet David in Richtung des südlichen Querschiffs, in dem Thomas Parrs Grab liegt.

Watson staunt. Natürlich war er schon ein paar Mal in der Abtei. Doch jedes Mal haut ihn dieses Bauwerk wieder um.

Die Decke über ihm ist mit beeindruckenden Verzierungen geschmückt. Es gibt wunderschöne Statuen und Heiligenfiguren. Die Orgel brummt. Trotz des Gedränges herrscht irgendwie eine feierliche Stimmung, findet Watson. **„This is the grave of David Livingstone, the famous explorer of Africa“**, erklärt David im Vorbeigehen an einem Grab. Er scheint stolz darauf zu sein, dass der berühmte Afrikaforscher den gleichen Vornamen hat wie er. Sherlock lässt sich von nichts und niemandem ablenken. Watson ist wie immer schwer beeindruckt von seinem Chef. Der könnte auch mitten in einem Orkan sitzen und Kreuzworträtsel lösen, glaubt Watson. Hinter Sherlocks Stirn arbeitet es Tag und Nacht. Auch jetzt, da ist Watson sich absolut sicher.

Nach etwa 100 Metern biegen die drei in das Südquerschiff ein.

„Make room!“, ruft David. Weil er so groß und breit ist, gehen ihm wirklich alle Menschen verschreckt aus dem Weg. Unterwegs klärt er die zwei Jungs über den Hergang der Tat auf. Die beiden Grabschänder haben sich als Bauarbeiter ausgegeben, um unauffällig mitten in der Abtei arbeiten zu können. Sie haben in aller Ruhe Schutzwände um das Grab von Thomas Parr aufgestellt. So konnten sie dann das Grab öffnen, ohne dass die Touristen oder der Wachdienst etwas mitbekamen.

Und vor genau diesen Wänden stehen die Jungs und David nun.

„Everything's like the culprits left it“, betont David noch einmal.

Er und sein Wachdienst haben nichts angerührt. Alles ist noch genau so, wie die Täter es gestern zurückgelassen haben.

Sherlock stellt sich direkt neben die Schutzwand.
Sie besteht aus blickdichten Planen, das bemerkt auch Watson. Dahinter ist nichts zu erkennen.
David packt eine der Wände und will sie hochheben.
„Let's do this later", bestimmt Sherlock.
„First I want to talk to the other security guards."
Watson ist das nur recht. Er hat überhaupt kein Problem damit, dass sie das Grab sofort wieder verlassen.
Sherlock und er befragen nun die anderen Wachmänner, die gestern anwesend waren.
Die angeblichen Bauarbeiter hatten ihnen Papiere gezeigt, die vom Dekan unterschrieben waren. Eine Fälschung, wie sich später herausgestellt hat.
Jeder glaubt, die beiden Täter beschreiben zu können.

Leider passen die Beschreibungen kein bisschen zusammen. Sherlock seufzt. Es ist immer das Gleiche, wenn Zeugen befragt werden. Jeder Streifenpolizist kennt das.

„They're both young!", sagt der erste Wachmann.

„They're both old", glaubt der zweite.

„They're tall", beschreibt der dritte.

„They're small", widerspricht der vierte.

Sherlock macht sich trotzdem fortlaufend Notizen. Als der letzte Wachmann seine Aussage abgegeben hat, seufzt der Detektiv. Auf seinem Block steht:

Sherlock schüttelt ungläubig den Kopf. **„All opposites!“**

Das hat Watson natürlich auch schon gemerkt. Die Wachleute haben an die Bauarbeiter genau gegenteilige Erinnerungen. Nur bei einem Merkmal waren sich alle einig:

They speak excellent English.

Und es sind allem Anschein nach beides Männer gewesen.

„Okay“, verkündet Sherlock. **„Let’s see what they really look like.“**

Watson ist verwirrt. Wie will sein Boss denn sehen, wie die Männer wirklich ausgesehen haben? Sie sind doch längst über alle Berge!

?

Sieh dir die folgende Seite an.
Warum hat Sherlock die Chance herauszufinden, wie die Räuber ausgesehen haben?

IN DUNKLER NACHT

Kameras! Natürlich! Watson wurmt es, dass er nicht selbst darauf gekommen ist.
In so einem Gebäude wird natürlich alles beobachtet und aufgezeichnet. So kann niemand auf dumme Gedanken kommen.
Na ja, bis auf die beiden Täter jedenfalls.
Sherlock will sich die Videos vom Tattag sofort anschauen. David muss die passenden Bilder jedoch erst heraussuchen.
„We have more than one hundred cameras“, erklärt der Sicherheitschef. **„It'll take a lot of time to watch the recordings.“**
Sherlock nickt. Die Aufnahmen von mehr als einhundert Kameras kann man nicht mal eben ansehen. Das dauert.
Watson fröstelt, als die beiden aus der Abtei treten. Aber draußen scheint die Sonne. An der Straßenecke holen sich die Detektive eine Portion **fish and chips**.

Watson findet es lustig, dass Pommes frites in England Chips genannt werden. Daran musste er sich erst gewöhnen, denn unter Chips versteht er als Deutscher etwas anderes.
Die Stärkung tut ihm jedenfalls verdammt gut. Vor allem ist Watson froh, dass er das geöffnete Grab nicht genauer untersuchen muss. Doch dieses kleine Glücksgefühl hält nur kurz an. Sherlock hat natürlich längst wieder einen Plan.
„Tomorrow we'll watch the recordings“, kommandiert der Meisterdetektiv. **„And tonight we'll open the grave.“**
Watson hustet ein Stück Fisch quer über die Straße.
Morgen die Aufnahmen anzusehen, damit hat er kein Problem. Aber: „Heute Nacht öffnen wir das Grab?“, beschwert er sich lauthals.
Sherlock nickt.
Watson ist der Appetit plötzlich gründlich vergangen.

Gnädigerweise erbarmt Sherlock sich, den Rest zu essen. **„Detectives don't fear anything“**, schmatzt er.
„Okay, Detektive fürchten sich vor nichts“, wiederholt Watson mit zittriger Stimme. „Aber gilt das auch für Assistenten?“
Sein Freund nickt.
„Yes. Assistants don't fear anything either“, bestätigt er Watsons schlimmste Befürchtung.
„Na gut“, antwortet Watson tapfer. „Aber wir gehen nicht um Punkt Mitternacht hin. Okay?“
Sherlock streicht sich über den Bauch. Das Essen hat ihm offensichtlich gut geschmeckt.
„Very tasty. Now let's sleep a little“, schlägt er vor. **„It's going to be a long night.“**
Aber das sagt er nur, um Watson ein bisschen aufzuziehen.

Saturday, 7 p.m.

Schon um 19 Uhr treffen sich die beiden Freunde wieder. Zum zweiten Mal an diesem Tag gehen sie zu **Westminster Abbey**. Sherlock hat seinen karierten Hut auf, denn es hat wieder angefangen zu nieseln. Watson musste seiner Mutter versprechen, sich seinen gelben Regenmantel überzuziehen und einen dicken Schal um den Hals zu wickeln. Watson schämt sich. Er ist doch kein Baby mehr! Trotzdem zieht er die Sachen nicht aus. Versprochen ist versprochen.

Vor der Abtei wartet David schon auf die beiden. **„Hello again, boys“**, begrüßt er sie. Jetzt, am frühen Abend, sind alle Touristen aus der Kirche verschwunden. Auch der letzte Gottesdienst für heute ist vorbei.

David sagt den Nachtwachen Bescheid, dass die Detektive vor Ort sind. Von nun an können Sherlock und Watson in Ruhe arbeiten.

Sherlock holt eine dicke Taschenlampe aus seinem Mantel. **„Let there be light“**, sagt er, so, wie es in der Bibel steht, und schaltet die Lampe ein. Und es wird Licht.

Watson braucht wirklich all seine Kraft, um nicht vor Angst im Boden zu versinken. Die Heiligenfiguren sehen jetzt im Halbdunkeln nicht mehr so friedvoll aus wie noch heute Mittag. Immer, wenn der Lichtstrahl über die steinernen Gesichter huscht, scheinen sie zu grinsen.

„It's only stone, not flesh and bone“, flüstert Sherlock und freut sich, weil ihm so ein perfekter Reim gelungen ist.

Watson nickt. Klar sind die Figuren nur aus Stein, nicht aus Fleisch und Blut – oder, wie Sherlock reimte, aus Fleisch und Knochen. Aber seine Angst ist trotzdem echt.
Jeder Schritt hallt von den Wänden wider. Watson weicht den Blicken der Figuren aus und sieht nach unten. Aber das macht die Sache auch nicht gerade besser.
Sie laufen hier auf den Grabplatten von Hunderten von Toten herum.
An den Schutzwänden angekommen, reicht Sherlock Watson die Taschenlampe.

„**Hold this for a minute, please**“, sagt er. Dann schiebt Sherlock eine der Wände ein Stück zur Seite. Durch den Spalt können nun beide hindurchschlüpfen.
Bevor sie mit ihren Schuhen wichtige Spuren verwischen können, fotografiert Sherlock jede Kleinigkeit.
„**Every detail could be important**“, nuschelt er in sich hinein.
Ja, das kennt Watson schon. Jedes noch so kleine Detail könnte später wichtig sein.
Watson seufzt tief. Ihm tun die Füße weh.
Er hält die Taschenlampe schon viel, viel länger als eine Minute.
Endlich ist Sherlock fertig. Als er ihm nicht mehr im Weg herumsteht, kann auch Watson das Grab anschauen.
Es ist sehr unscheinbar, aber die Inschrift auf der Grabplatte ist wirklich unglaublich.
Dort steht unter anderem:
He lived in the reigns of ten princes.

Watson gruselt sich. Die Herrschaft von zehn Königen hat dieser geheimnisvolle alte Mann in seinen 152 Jahren erlebt!
Dann kommt der Schock. Sherlock kniet sich neben die Grabplatte und fasst mit den Fingern darunter.
„Come on, give me a hand!“, bittet der Detektiv.
Watson schluckt. Wobei soll er Sherlock denn helfen? Er will doch wohl nicht …?
Doch, genau das hat Sherlock vor.
Mit vereinten Kräften heben sie stöhnend die Platte an. Erst vor Kurzem hat jemand die Platte vom Mörtel befreit und herausgebrochen, das sieht man. Sie ist extrem schwer, aber gemeinsam geht es. Die Platte ist zum Glück nicht so dick, und ihr Kalkstein ist leichter als andere Steine.
Dann schauen sie in das Grab. Zumindest Sherlock, der neugierig hineinleuchtet.
Watson dagegen kneift die Augen fest zusammen.

„Open your eyes“, kommandiert Sherlock. **„Don’t be a coward!“**
Watson muss schlucken. Ein Feigling will er nun wirklich nicht sein! Also öffnet er wie gewünscht seine Augen und blickt ins Grab. Es enthält … nichts!
Die sterblichen Überreste von Thomas Parr haben sich längst in Staub aufgelöst. Außerdem sind da Reste von Mörtel, Sand und Steinmehl. Und dieses feine Pulver ist unberührt. Wenn irgendeine wertvolle Grabbeigabe darin gelegen hätte, müsste man deutliche Umrisse oder sonstige Spuren erkennen können. Doch es gibt keine.
„Very strange“, murmelt Sherlock in sich hinein. **„A great mystery.“**

Da kann Watson nur zustimmen. Sehr, sehr seltsam ist die Sache, ein wirklich großes Rätsel. Wer heckt so einen perfekten Plan aus und wundert sich dann, dass es gar nichts zu stehlen gibt?

„Maybe we can't see everything", murmelt der Detektiv in sich hinein. Er überlegt, ob es etwas gibt, das sie nicht sehen können. Die Grabplatte steht jetzt aufrecht auf dem Boden, Watson hält sie mit zusammengebissenen Zähnen fest.

Sherlock hockt vor dem Grab und lässt das Licht der Taschenlampe wandern.

Das Grab selbst hat er schnell erfasst.

Aber dann entdeckt er an der Unterseite der Grabplatte eine hölzerne Halterung. Mit ihr ist ein einfacher, aber offenbar recht alter silberner Becher an der Steinplatte befestigt.

„I've got you!", jubelt Sherlock los. Hab ich dich! Offenbar hat er auf einen derartigen Fund gehofft. Er fotografiert alles ab: den Becher, die Unterseite der Platte und vor

allem die verschnörkelte Gravur auf dem Becher.
Dann will er wissen, was Watson davon hält. Watson denkt nach. „Vielleicht haben die Diebe den Becher nicht gefunden“, murmelt er. „Oder: Sie sind gestört worden und konnten ihr Diebesgut nicht mitnehmen! So muss es gewesen sein!“
„Let’s go home“, sagt Sherlock geheimnisvoll lächelnd und marschiert gleich los. Watson würde ihm gerne nach Hause folgen, doch er hält ja noch die schwere Grabplatte! Stöhnend legt er sie ab. Dann drückt auch er sich durch die Schutzwände nach draußen. Aber wo ist Sherlock? Watsons Herz fängt an zu rasen. Von seinem Freund fehlt jede Spur.

?

Sieh dir die folgenden beiden Seiten genau an.
Wo ist Sherlock?

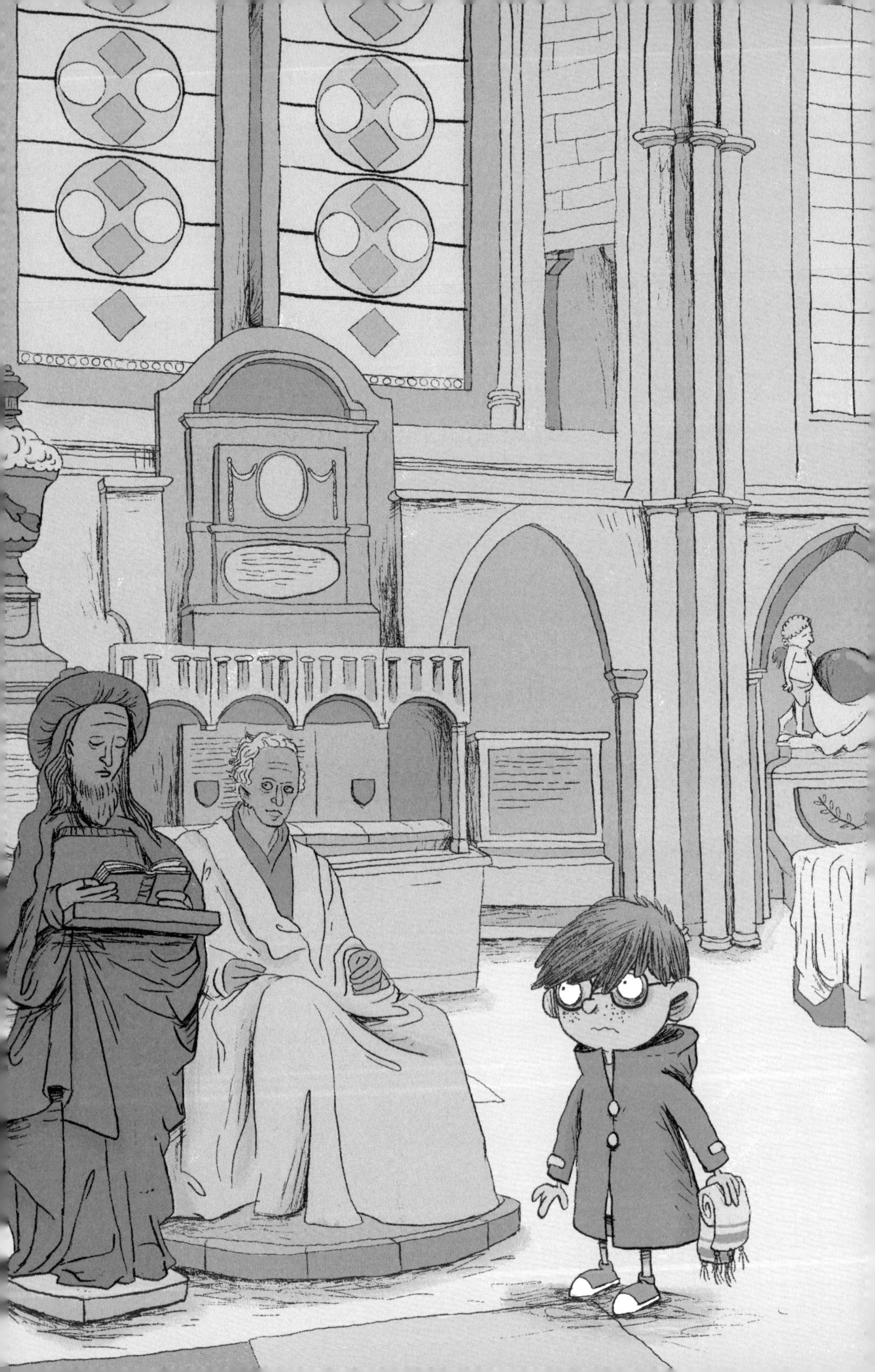

KLAU AUF DEM BAU

Sunday night and early morning.
In der Nacht auf Sonntag schläft Watson so schlecht wie schon lange nicht mehr. In seinem Traum läuft er durch **Westminster Abbey**. Als er am Grab von Thomas Parr steht, schiebt sich die steinerne Platte von ganz alleine zur Seite. Eine bleiche Hand kommt hervor und packt Watson am Hosenbein.
Am Vorabend hat Sherlock sich einen üblen Scherz erlaubt: Er stand hinter einer Statue und legte seine kalte Hand in Watsons Nacken, als dieser auf der Suche nach ihm vorbeikam.
„Leave me alone!“, heult jemand in Watsons Traum aus dem Grab. Watson würde Thomas Parr sehr gerne in Ruhe lassen. Doch der blöde Schal, den ihm seine Mutter aufgeschwatzt hat, verfängt sich an der Grabplatte.

Schweißgebadet wacht er auf. Am liebsten würde er zu seinen Eltern ins Bett krabbeln. Aber das kann ein Detektiv natürlich nicht. Er drückt auf sein Smartphone.

„It's Sunday morning“, plärrt die Computerstimme. **„Eleven minutes past five.“**

Elf Minuten nach fünf. Verdammt! So früh! Watson will noch einmal einschlafen, aber es gelingt ihm nicht. Also schleicht er sich um kurz nach sechs aus dem Haus und besucht den Raben Mortimer. Er möchte im Büro noch ein wenig zum Thema Grabräuber recherchieren.

Der Rabe freut sich. Jedenfalls flattert er wie wild durch das Detektivbüro.

„I'm hungry!“, krächzt er. **„And I'm thirsty.“**

Klar, hungrig und durstig ist er.

„And today is my birthday. Sing a song for me!“

Watson schüttelt den Kopf. „Heute ist bestimmt nicht dein Geburtstag“, grinst er.

„Und ein Lied singe ich auch nicht für dich. Glaub mir, das willst du nicht.“

Trotzdem muss er lachen. Nach und nach vergisst Watson seinen schlimmen Traum wieder. Aber zum Recherchieren ist er viel zu müde. Schließlich gibt er auf.

Auf der Straße trifft er Shirley, das Mädchen aus der Nachbarschaft. Auch sie hat scheinbar schlecht geträumt – oder warum fährt sie schon um diese Uhrzeit mit ihrem Roller herum?

„Are you really a detective?“, fragt sie. Das Thema beschäftigt sie, seit die beiden Jungs ihr Büro eingerichtet haben.

„Ja!“, sagt Watson stolz. „Gerade recherchiere ich in einem Fall. Es geht …“

Schnell beißt er sich auf die Zunge. Der Fall ist ja **top secret**, wie der Dekan verlangt hat. Eigentlich darf Watson kein Wort darüber verlieren.

„Es geht um etwas sehr Geheimes und Wichtiges“, sagt er schnell.

Dann fragt er: „Und du? Was machst du so früh auf der Straße?“

Shirley legt den Kopf schief. **„A true detective would know!“**, sagt sie und rollert davon.

Watson wird rot und sieht ihr lange hinterher. Ein wahrer Detektiv würde die Antwort wissen, hat Shirley ihn geneckt. Und es stimmt.

Aus Shirleys Rucksack schaut nämlich eine Tüte mit Brot heraus.

Watson ärgert sich, dass ihm das nicht früher aufgefallen ist. Doch über den Ärger vergisst er zumindest seine Angst vor offenen Gräbern.

Sunday afternoon.

Am Nachmittag traut sich Watson sogar wieder in die Abtei. Diesmal gehen Sherlock und er nicht durch das Kirchenschiff, denn gerade ist Gottesdienst.

Sie sind mit David in seinem Büro verabredet. Auf unzähligen Bildschirmen kann von hier aus jeder Winkel der Abtei beobachtet werden.

„Sit down, please“, bittet David. **„I’ve found some very interesting recordings.“**

Watson und Sherlock setzen sich also. Erst einmal berichten sie von ihrem Fund. Dann sehen sie sich die Aufnahmen an. Die Bilder, die David herausgesucht hat, sind wirklich sehr interessant.

In den Aufzeichnungen des Tattages sind deutlich die beiden angeblichen Bauarbeiter zu erkennen – allerdings nicht ihre Gesichter. Vor allem, weil sie Schutzbrillen und Atemschutzmasken tragen. Dass das die ganze Zeit niemand verwunderlich fand, ärgert Watson. Wenn die Täter entlarvt worden wären, müsste er jetzt nicht in offenen Gräbern herumwühlen.
Am Eingang zeigen die Männer den Wachen einen Brief vor, der – wie die Detektive ja schon wissen – die Unterschrift und den Stempel des Dekans trägt.
„It's fake", erklärt David noch einmal. **„But it's almost perfect."** Der Auftrag und die Unterschrift sind natürlich Fälschungen, aber nahezu perfekt.
Sherlock nickt nur stumm. Keine Sekunde wendet er sich vom Bildschirm ab. Er zwinkert nicht einmal, um ja kein Detail zu verpassen. Auch Watson findet es verdammt spannend, bei einem Verbrechen live dabei zu sein.

Unbehelligt von den Wachen fahren die zwei Grabschänder mit ihrer Sackkarre voll Arbeitsmaterialien und Werkzeug durch das Südquerschiff. Mitten zwischen den Touristen sichern sie die angebliche Baustelle.
„They’re working very quickly“, muss David bewundernd eingestehen.
Watson gibt ihm recht. Die Typen arbeiten wirklich sehr schnell.
„Jetzt!“, denkt Watson, als die Wände aufgestellt sind. „Jetzt werden wir endlich sehen, was genau die Schufte dort veranstaltet haben!“ Doch die Wände der Absperrung sind genau so hoch, dass der Bereich dazwischen von den Kameras nicht erfasst werden kann. Darum ist erst einmal nichts mehr zu sehen. Sherlock flucht in sich hinein.
David spult vor. Gut eine Viertelstunde nach dem Aufbau der angeblichen Baustelle passiert etwas Außergewöhnliches: Ein

Tourist zerrt ungeduldig an der Plane. Er ist etwa 70 Jahre alt, schätzt Watson. **„I've paid a lot of money to come in!“**, brüllt er. **„I want to see the grave of Thomas Parr!“**

Watson staunt. Es gibt scheinbar richtige Fans des uralten Mannes, die den hohen Eintrittspreis der Abbey nur bezahlen, um sein Grab zu sehen.

Als der Tourist versucht, die Absperrwand zur Seite zu schieben, kommt einer der Bauarbeiter hervor. Mit einem Schubs vertreibt er den Mann.

„Don't disturb us! We have to work!", ermahnt er ihn. Der Mann soll nicht stören, denn sie haben zu arbeiten.

„I will complain to the guards!", schimpft der Tourist und dreht sich auf dem Absatz um. Watson beißt sich auf die Lippe. Der Mann will sich bei den Wachen beschweren.

Das muss die Diebe doch nervös machen.

Richtig gewettet! Kurz darauf verlassen die beiden Männer die Baustelle. Sie schieben die Schutzwände wieder an ihre Stelle, lassen all ihr Werkzeug in der Abtei zurück und marschieren mit großen Schritten davon.

„I like this!“, sagt David lachend und hält das Video an. **„A tourist has saved the silver cup.“**

Watson nickt. „Ja, das ist wirklich ein toller Zufall. Ein Tourist rettet den Silberbecher vor Grabräubern.“

Einzig eine Lunchbox aus Blech hat einer der Grabschänder dabei, als er die Baustelle verlässt.

„Nothing has been stolen“, betont der Chef des Wachdienstes. Nichts wurde gestohlen. Für ihn ist der Fall damit eigentlich erledigt. Der Silberbecher kommt wieder an Ort und Stelle. Und damit, meint David, ist alles gut.

„But the robbers did not leave the Abbey“, fällt Sherlock auf. **„They went somewhere else.“**

?

Sieh dir die folgenden Seiten an. Woher weiß Sherlock, dass die Räuber die Abtei nicht verließen, sondern woanders hingegangen sind?

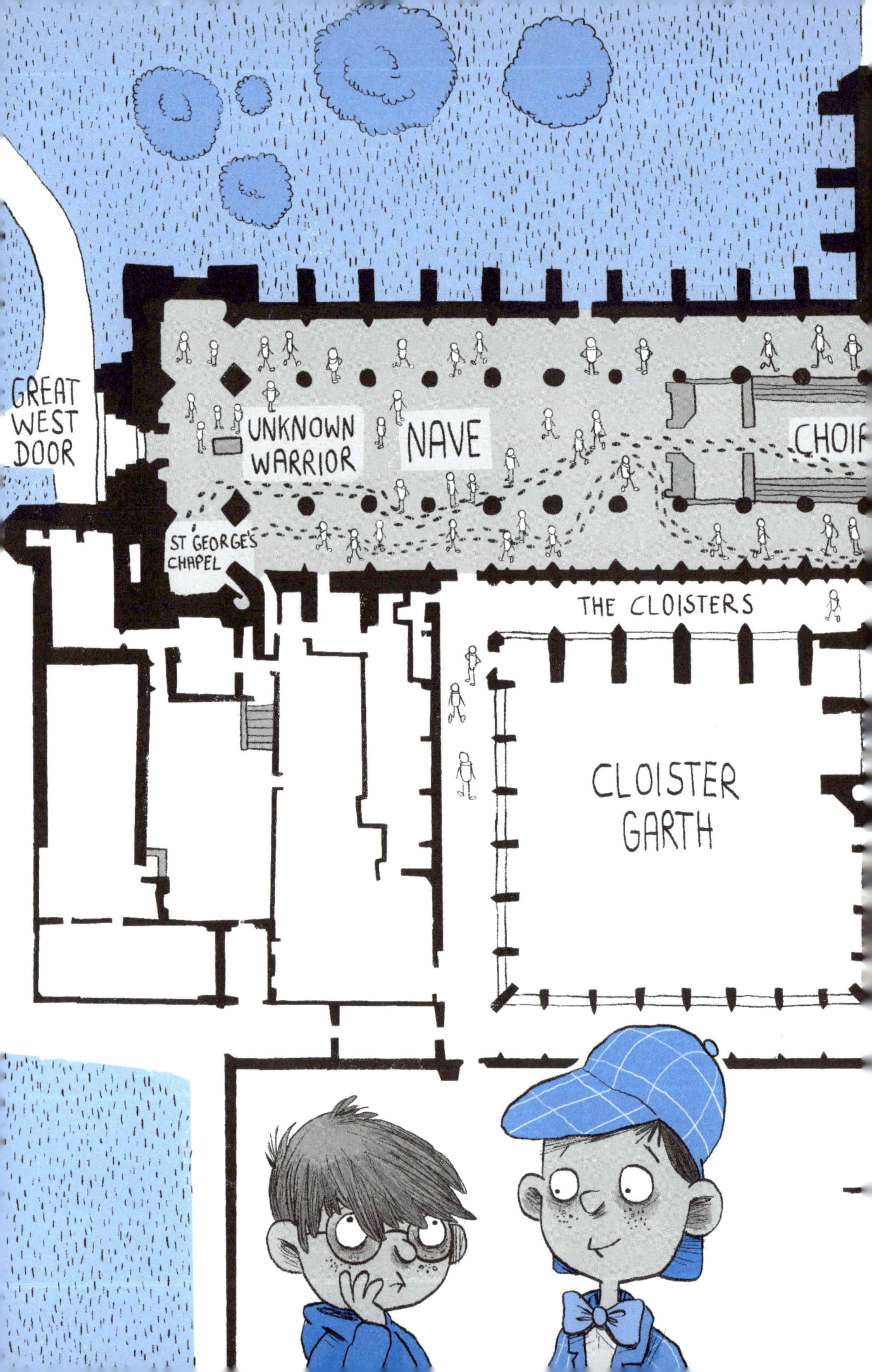
GREAT WEST DOOR
UNKNOWN WARRIOR
NAVE
CHOIR
ST GEORGE'S CHAPEL
THE CLOISTERS
CLOISTER GARTH

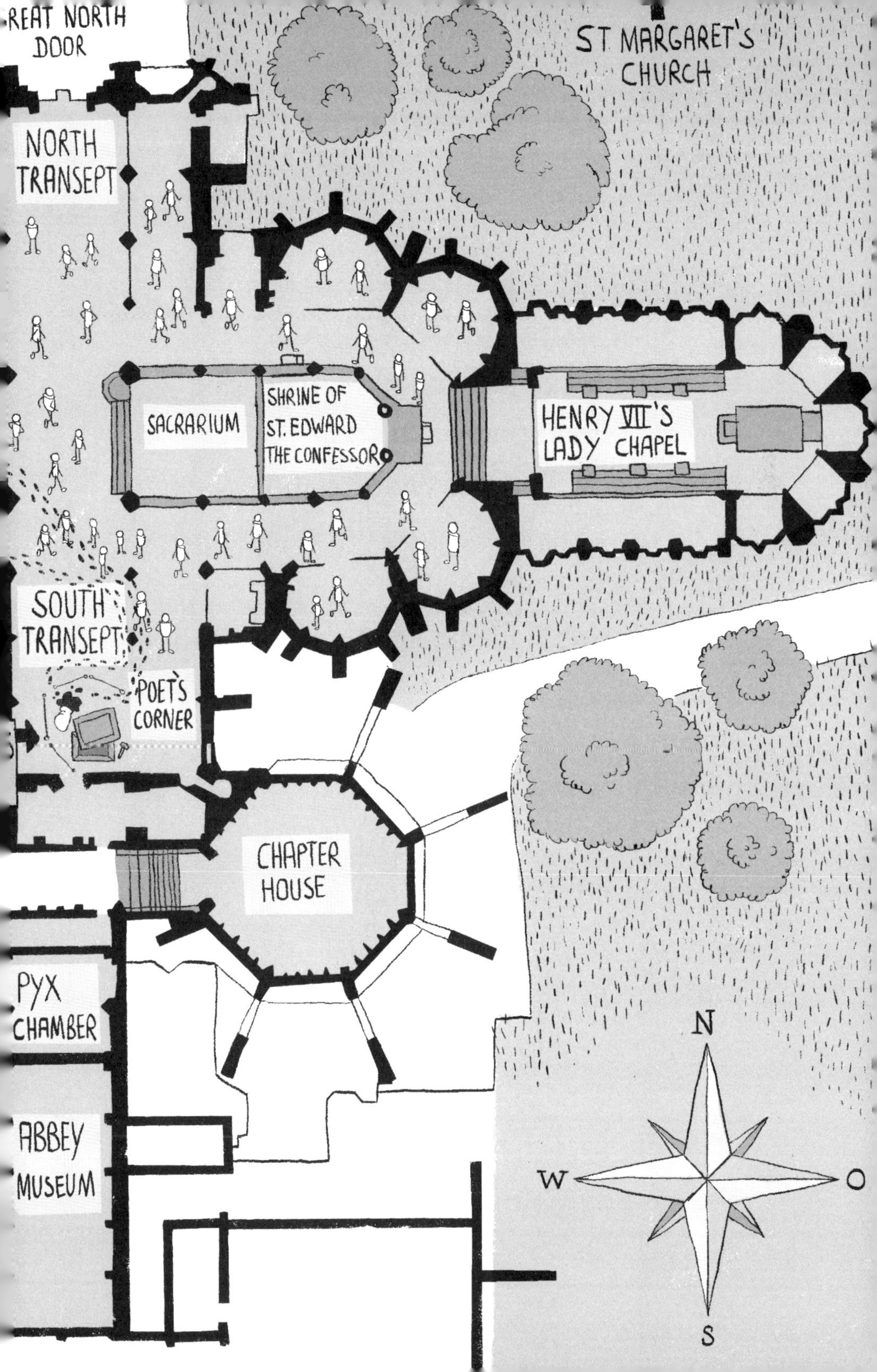

REAT NORTH DOOR
ST MARGARET'S CHURCH
NORTH TRANSEPT
SACRARIUM
SHRINE OF ST. EDWARD THE CONFESSOR
HENRY VII'S LADY CHAPEL
SOUTH TRANSEPT
POET'S CORNER
CHAPTER HOUSE
PYX CHAMBER
ABBEY MUSEUM
N
W
O
S

SHERLOCK ENTGEHT NICHTS!

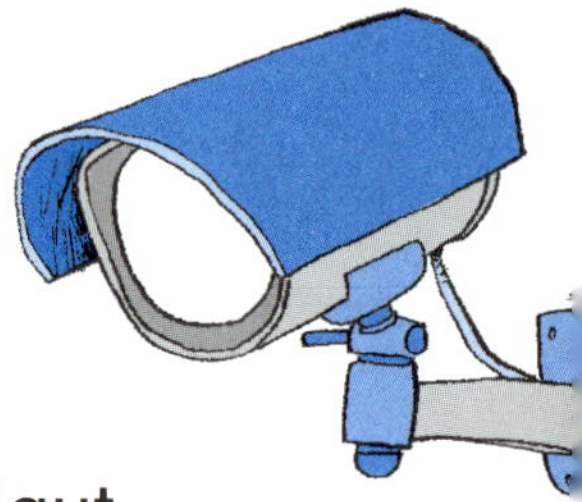

David schaut auf die Uhr.
„It's time to say goodbye", sagt er theatralisch und gähnt auffällig laut.
„Nein!", widerspricht Watson. „Es ist keineswegs Zeit, auf Wiedersehen zu sagen." Er ist über seine eigenen Worte erschrocken. Aber er will einfach wissen, was die beiden Männer in der kleinen **St George's Chapel** getan haben, in die die Fußspuren führen. Davon muss es doch auch Aufzeichnungen geben, oder?
Sherlock lächelt seinem Assistenten zu.
„Very good, Watson", lobt er. **„I'm proud of you!"**
Watson strahlt. Er ist auch stolz auf sich. Neugierde ist ja nichts Schlechtes. Wenn man Dinge herausfinden möchte, geht es gar nicht ohne. „Ein Detektiv ohne Neugier ist wie ein Schwimmbad ohne Wasser", schießt

es Watson durch den Kopf. Über diesen blödsinnigen Gedanken muss er laut loslachen.
Der Chef des Wachdienstes schaut ihn irritiert an und blickt dann noch einmal auf seine Armbanduhr. Als die Jungs nicht auf diese Anspielung reagieren, schaltet er zähneknirschend auf die Kamera um, die in der Kapelle alles mitfilmt.
Es dauert eine Weile, bis David die richtige Stelle im Video findet. Dann aber wird es richtig spannend.
„Here they are“, verkündet David. Und tatsächlich sind die Täter gut beim Betreten der Kapelle zu sehen. Die beiden sperren die Kapelle mit Absperrband ab. Dann passiert etwas Merkwürdiges. Der Kleinere der beiden holt eine moderne kleine Taschenlampe aus der Lunchbox und legt sie auf den Sockel einer Säule. Den starken Lichtstrahl richtet er genau in die Kamera. Von diesem Moment an können David,

Sherlock und Watson am Bildschirm gar nichts mehr erkennen.
Dann beginnt das Licht zu flackern und die Kamera liefert wieder ein Bild. Einer der Täter scheint völlig irritiert. Aber der andere zieht aus seiner Hosentasche eine alte Taschenlampe hervor und richtet sie aus.
„Always be prepared!“, sagt er streng, sei stets auf alles vorbereitet. Von da an wird die Kamera wieder geblendet.
„My goodness!“, flucht David, du meine Güte!
„Was haben sie dort bloß gemacht?“, wundert sich Watson laut. „Ob sie wegen ihrer bösen Tat gebetet haben?“
Sherlock ist sich sicher, dass ihr Besuch in der Kapelle einen weitaus weltlicheren Grund gehabt hat.
„No“, widerspricht er seinem Assistenten. **„Something wicked has happened in there.“**
Etwas Schändliches ist dadrin passiert?

Watson muss sich schon wieder schütteln. Er will sich gar nicht ausmalen, was diese Typen so alles in ihrer Freizeit anstellen.

„By the way“, sagt David plötzlich, ganz nebenbei. **„I have the torch here. The cleaning person gave it to me.“**

Er zieht eine Schublade seines Schreibtischs auf und holt eine Taschenlampe hervor. Sie wurde bei der Reinigung der Kirche gefunden. Die Lampe ist tatsächlich schon ziemlich alt, wie Watson auf den ersten Blick feststellen kann. Weil die neue den Geist aufgab, mussten die Diebe auf diese alte Gurke ausweichen. Sicher haben sie das Ding deshalb auch liegen lassen.

„May I take it with me?“, erkundigt sich der Detektiv höflich.

David nickt. **„If you leave now, you can take it“**, antwortet er.

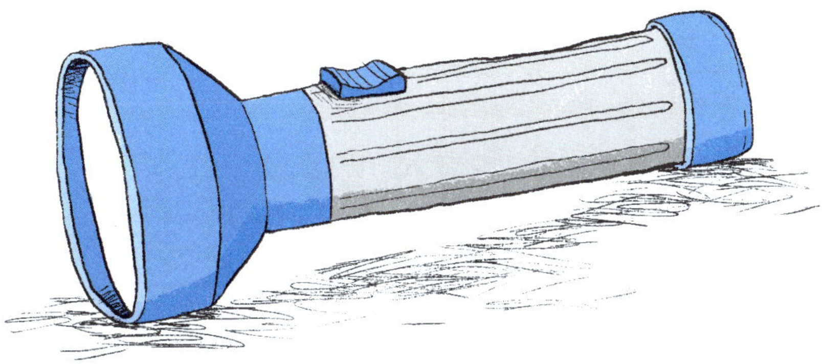

Offenbar will David dringend Feierabend haben: Wenn sie jetzt endlich gehen, kann Sherlock die Lampe mitnehmen.
Watson packt sie in einen Plastikbeutel, um keine Spuren zu verwischen, und steckt sie in Sherlocks Manteltasche.
Doch Sherlock lässt dennoch nicht locker. Er will zum Abschluss noch die Bilder der Kamera vom Kapelleneingang sehen.
„They could come back and open another grave!“, erinnert er den Sicherheitschef. Die Diebe könnten zurückkommen und ein anderes Grab öffnen.
Auf dem Film sieht man die beiden Männer mit Schutzbrillen und -masken, wie sie die Kapelle und kurz darauf die gesamte Abtei verlassen. Am Ausgang werden sie vom Sicherheitspersonal angesprochen. Man durchsucht ihre Arbeiterhosen und -jacken mit den großen Taschen. Aber die sind scheinbar komplett leer.
„That's routine“, murmelt David.

Offenbar wird bei der routinemäßigen Durchsuchung nichts gefunden. David nickt wie zur Bestätigung.

„As we told you! Nothing has been stolen. No theft, no thieves“, sagt er und will endlich nach Hause. Kein Diebstahl, keine Diebe? Nur weil er es mehrfach gesagt hat, muss es nicht stimmen …

Sherlock schüttelt den Kopf. **„This is not the end of the case!“**, widerspricht er. **„It's the beginning!“**

Nach Sherlocks Meinung ist der Fall nicht abgeschlossen. Im Gegenteil. Er fängt gerade erst an! Denn etwas an den Bauarbeitern ist ihm aufgefallen, als sie die Abtei verlassen haben. Mitgenommen haben sie nichts. Aber vielleicht fehlt eine Kleinigkeit?

?

Schau dir die folgende Seite an.
Was ist Sherlock aufgefallen?

PUZZLETEILE

Monday morning.
Am nächsten Tag ist wieder Schule. Watson sitzt im Unterricht, aber die Worte seines Lehrers gehen zum einen Ohr rein, zum anderen wieder hinaus. Wie Sherlock sagen würde: **„in one ear and out the other“**.
Watson kann nur an die beiden Grabschänder von **Westminster Abbey** denken.
Die ganze Zeit über haben David, seine Wachmänner und der Dekan fest daran geglaubt, dass nichts gestohlen worden ist. Aber warum haben die Täter dann den Umweg durch **St George’s Chapel** gemacht? Und warum haben sie ihre Blechdose dort gelassen?
Fragen über Fragen, die Watsons Gehirn beschäftigen. So bekommt er erst bei der dritten Ermahnung mit, dass auch sein Lehrer etwas von ihm wissen möchte: **„Walter,**

what's your favourite building in London?"
Watson wird rot. Er weiß auf jeden Fall, welches im Moment absolut nicht sein Lieblingsgebäude in London ist:
Westminster Abbey.
„**London Eye**", antwortet er schließlich. Kann man ein Riesenrad wirklich als Gebäude bezeichnen? Nun ja, sein Lehrer nickt gnädig. Sicher hätte er lieber ein altes Gebäude wie **St Paul's Cathedral**, die **Tower Bridge** oder den **Palace of Westminster** von Watson gehört.

Monday afternoon.
Als die Schulglocke endlich klingelt, verlässt Watson schnell seine Klasse. Er will sofort nach Hause. Doch auf dem Schulhof hält Sherlock ihn auf.
„**Take this**", flüstert der Detektiv und reicht seinem Assistenten zwei Abzüge von seinen Fotos. Auf dem einen ist der silberne Becher aus dem Grab zu sehen, auf dem anderen die Gravur des Bechers in Großaufnahme.

Watson nimmt sie an sich.
„Go to a silversmith“, beauftragt Sherlock seinen Freund. **„Ask him what he can say about the cup.“**
Watson nickt. Eigentlich hat er keine Lust, zu einem Silberschmied zu gehen und ihn zu dem Becher zu befragen. Aber das ist immer noch besser, als wieder in das Grab zu steigen.
Watson fährt drei Stationen mit der U-Bahn. Die ist proppenvoll und stickig. An der **Oxford Street** steigt er aus und fährt mit der langen Rolltreppe nach oben. Zwei Straßen weiter ist ein Juwelierladen, in dem Watson in der vergangenen Woche mit seiner Mutter war. Dort haben sie ein Geschenk für Omas 70. Geburtstag gekauft.
„Good afternoon, Walter!“, grüßt der Silberschmied. Er kann sich zum Glück noch an Watson erinnern. **„How was your grandma's birthday party? Did she like the ring?“**

Die Party von Oma war ganz nett. Na ja, nicht unbedingt so eine Party, wie Watson sie gerne feiert. Aber zumindest hat sie sich sehr über den Ring gefreut.

Nach dem kurzen Gespräch kramt Watson Sherlocks Fotos aus der Hosentasche. Der Silberschmied sieht sich beide lange an. Er ist ein echter Experte für alte Schmuckstücke und andere Antiquitäten aus Silber und Gold. **„The cup is very old“**, bestätigt er. **„About one hundred years. It's worth about 50 pounds.“**

Die Antwort schockt Watson. Der Becher ist nur einhundert Jahre alt? Und nicht mehr wert als 50 Britische Pfund? Aber Thomas Parr wurde 1635 beerdigt! Das lässt nur eine logische Lösung zu: Das Grab wurde vor 100 Jahren schon einmal aufgebrochen. Oder?

Aber warum sollte jemand etwas hineinlegen, statt etwas zu rauben?

„It's all I can say about it", gibt der Fachmann zu. **„I cannot say who the owner was."**

Wem der Becher gehörte, kann er also trotz der Gravuren nicht sagen. Geknickt schlurft Watson aus dem Laden.

Zum Detektivbüro geht Watson zu Fuß.

Er will Sherlock die schlechte Nachricht so spät wie möglich überbringen.

Im Büro flattert ihm Mortimer entgegen.

Der Rabe hat beste Laune.

„Cookies!", krächzt er. **„I want more cookies!"**

Watson tut ihm den Gefallen gerne. Aus einer Schachtel fummelt er zwei Kekse hervor und bröselt sie in Mortimers Fressnapf.

Vor Glück stimmt der Rabe an: **„What shall we do with the drunken sailor?"**

Watson muss lachen. Das hört er nicht zum ersten Mal.

„Das ist wohl dein Lieblingslied, was? Aber es gibt hier weit und breit keinen betrunkenen Seemann, Mortimer“, stellt er klar. Dann begibt er sich zu Sherlocks Schreibtisch.

Der Detektiv kritzelt ununterbrochen auf seinem Block herum. Watson kann den Grundriss der Abtei erkennen und jede Menge Frage- und Ausrufezeichen. Erst nach mindestens fünf Minuten bemerkt Sherlock die Anwesenheit seines Assistenten.

„Ah, Watson!“, grüßt er erfreut. **„Do you have good news for me?“**

Watson seufzt tief. „Ich weiß nicht, ob die Nachrichten gut sind“, antwortet er ehrlich. „Ich glaube nicht.“

Dann berichtet er, was er bei dem Silberschmied herausgefunden hat.

Doch zu seiner Überraschung findet der Meisterdetektiv die Neuigkeit großartig.

„Good news!“, jubelt er. **„Very good news! All the pieces of the puzzle fit together.“**

Alles passt genau in sein Bild. Die Puzzleteile

fügen sich langsam zusammen. Watson hat keine Ahnung, was sein Chef da redet. Und natürlich verrät Sherlock nicht, was sich in seinem Kopf abspielt. Darin muss es aussehen wie in einem Supercomputer, glaubt Watson.

Jetzt holt Sherlock die alte Taschenlampe aus der Schublade, die David ihm gestern gegeben hat.

„Maybe this torch can tell us something interesting“, hofft er. Ob die Taschenlampe wirklich etwas Interessantes zu erzählen hat? Zunächst pinselt der Detektiv sie von außen mit schwarzem Pulver ein. Watson kennt das schon. Das feine Pulver bleibt auch an den winzigen Fettrückständen hängen, die Finger hinterlassen. Doch als Sherlock die Lampe hochnimmt, rieselt alles auf den Schreibtisch.

„No fingerprints“, grummelt Sherlock.

Die Täter haben keine Fingerabdrücke hinterlassen. Selbst das Putzpersonal hat offenbar Handschuhe getragen.

Als Nächstes schraubt Sherlock die Lampe auf. Zwei dicke Batterien fallen heraus. Und mehrere Papierstückchen.

„Hello!“, jubelt Sherlock und pfeift durch die Zähne. **„Here comes the next piece of the puzzle!“** Er freut sich über die nächsten Teile für sein großes Fall-Puzzle.

Durch die Papierschnipsel wurden die Batterien stärker an den Kontakt gedrückt. Leider ist der ganze Zettel zerfetzt. Aber das ist kein Problem für Watson. Er hat schon ein 1000-Teile-Puzzle von **Buckingham Palace** zusammengesetzt. Diesen Zettel hier kann er auch rekonstruieren!

„Boy Scouts“, steht auf einem der Schnipsel. Pfadfinder? Watson beginnt gespannt zu puzzeln.

?

Sieh dir das Bild rechts an. Was erfährst du über den Besitzer der Taschenlampe?

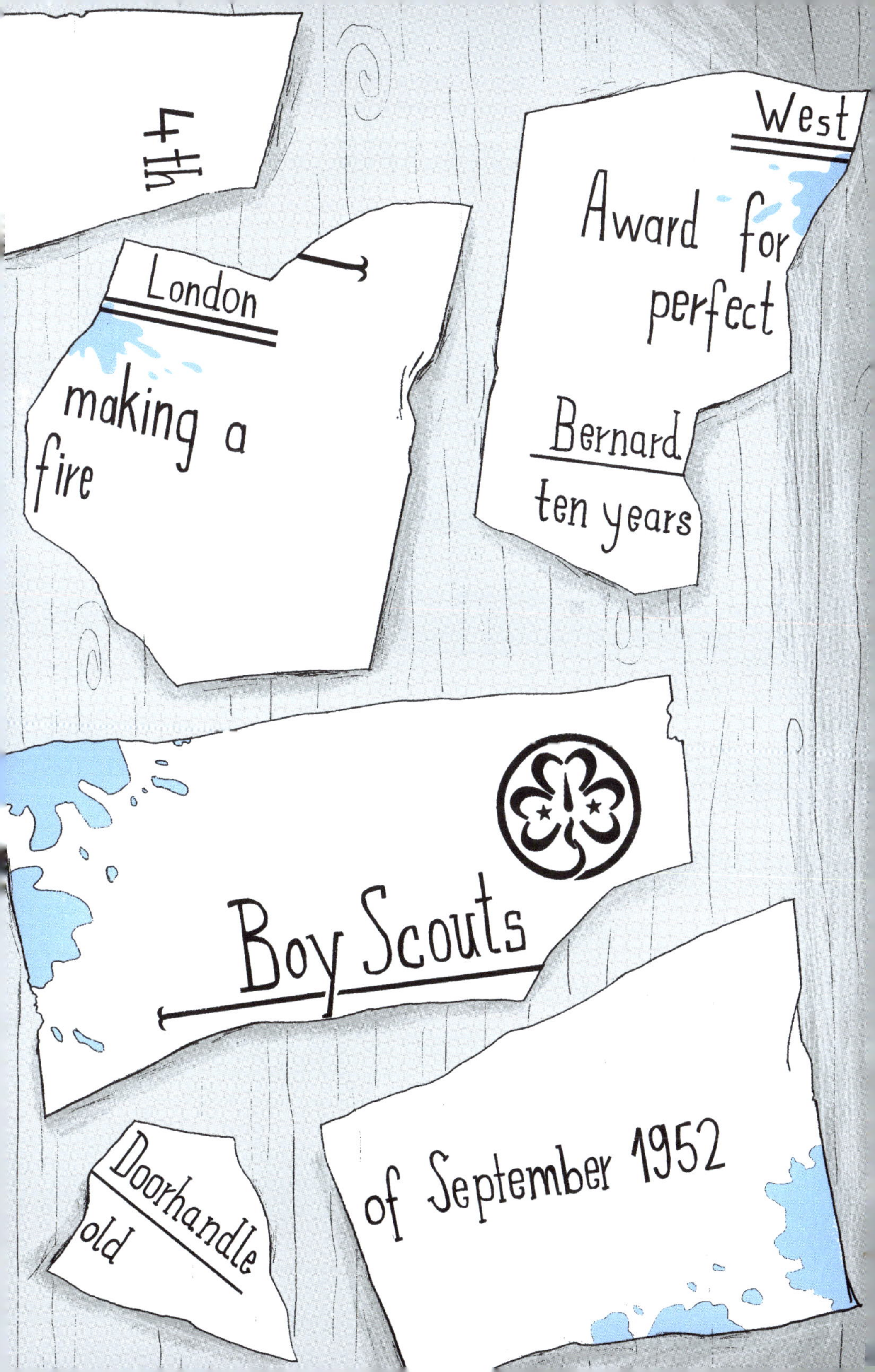
4th
West
London
Award for perfect
making a fire
Bernard
ten years
Boy Scouts
Doorhandle
old
of September 1952

EIN KURIOSER NAME

Watson hat seine Aufgabe bestens gelöst. Die Schnipsel haben sich als eine Urkunde der Pfadfindergruppe West-London entpuppt.
„Good work, Watson!“, lobt der Detektiv.
„Now we know three things about the owner of the torch. We know his name, his age and where he lived.“
Watson ist zufrieden mit sich. Die drei Neuigkeiten über den Besitzer der Taschenlampe haben sie Watsons Arbeit zu verdanken: den Namen, das Alter und wo er einmal gelebt hat.
Blöd nur, dass das alles so lange her ist. Mittlerweile kann die Lampe schon 20-mal weiterverkauft worden sein, befürchtet Watson. Dann helfen ihnen diese Informationen überhaupt nichts.
Sherlock aber ist völlig anderer Meinung.
„A Boy Scout never sells his first torch!“,

behauptet er. Niemals würde ein echter Pfadfinder seine erste Taschenlampe verkaufen.
Und der Name des damals zehnjährigen Jungen ist kein gewöhnlicher wie Smith oder Miller, sondern äußerst kurios.
Bernard Doorhandle.
Einen Mann mit solchem Nachnamen gibt es noch immer in London, sogar mehrere. Das weiß Sherlock. Lord Bernard Doorhandle und seine drei Brüder sind alte Adelige. Sie sind wegen ihrer zahlreichen gemeinnützigen Tätigkeiten in der ganzen Stadt bekannt.
In nur zehn Sekunden hat Sherlock ihre Adresse herausgefunden.
„Time for five o'clock tea", schlägt er vor.
Watson sieht auf die Wanduhr. Fünfuhrtee!? Aber es ist doch erst kurz nach vier? Na ja, so genau nehmen die Briten das wohl nicht mit der Uhrzeit …
„We'll drink the tea with Mr Doorhandle", verrät der Detektiv.

Und schon sind die beiden wieder auf der Straße.
Watson ist den ganzen Weg nach West-London über ziemlich still. Er bewundert seinen Boss für dessen Mut. Sherlock wird einfach bei Mr Doorhandle klingeln und ihm die Taschenlampe zurückbringen. Vielleicht können sie dabei das ein oder andere erfahren, meint er.
Watson bereitet das Magengrummeln. Schließlich steht dieser Typ in dringendem Verdacht, ein Grab in **Westminster Abbey** aufgebrochen zu haben …

Unter der Adresse, die Sherlock recherchiert hat, finden die beiden eine prachtvolle alte Villa vor.
„Are you ready for some tea?“, fragt Sherlock nach.
Watson nickt schwach. Für Tee ist er immer bereit. Es ist der Gastgeber, der ihm Sorgen bereitet.

Sherlock rückt seinen karierten Hut zurecht und betätigt den Türklopfer aus Messing. Kaum hat der das dritte Mal gegen die schwere Eichentür geschlagen, als auch schon geöffnet wird. Ein Butler in einem vornehmen schwarzen Anzug mustert die beiden Jungen lange.

„How can I help you, gentlemen?“, näselt er dann.

Der Meisterdetektiv lässt sich von dem strengen Ton nicht beeindrucken.

„We want to visit Bernard Doorhandle“, sagt er forsch.

Als der Butler keine Anstalten macht, sie hereinzubitten, holt Sherlock die Taschenlampe aus seiner Manteltasche.
„We've found this torch", flunkert er dann.
„Mr Doorhandle has lost it."
Watson lächelt gequält.
Wirklich verloren hat Mr Doorhandle die Lampe ja nicht. Eher am Tatort vergessen. Aber die Geschichte macht Eindruck auf den Butler. Er führt sie in den Salon der Villa. In einem weinroten Ohrensessel sitzt ein etwa 75-jähriger Mann und liest **The Times**.
„You have visitors, Mr Doorhandle."
Wieder näselt der Butler.

Bernard Doorhandle lugt über die Seiten seiner Zeitung hinweg und lächelt, als sein Blick auf die Jungs fällt. Watson atmet auf. Der Mann macht einen sehr freundlichen Eindruck. Er wirkt nicht wie ein Verbrecher, eher wie ein würdiger, liebevoller Großvater.
„Two more cups please, Alvin!“, ordert er bei seinem Butler. **„Our guests must be thirsty.“**
Jetzt erst bemerkt Watson, dass ihn der lange Weg tatsächlich sehr durstig gemacht hat. Er muss fast einen ganzen Liter Tee trinken, bevor es ihm besser geht.
Bernhard Doorhandle freut sich sehr darüber, seine alte Taschenlampe zurückzubekommen. Er betrachtet sie lange und verstaut sie dann sorgfältig in der Schublade eines Schranks.
„How did you find out that it belongs to me?“, will er wissen.
„We found this inside“, sagt Sherlock und zeigt ihm Watsons Puzzle.

„Oh, yes! I got an award for making a perfect fire!“, erinnert der alte Bernard sich glücklich.
Sherlock und Watson nicken. Von der Urkunde für das perfekte Feuer wissen sie ja bereits.
Watson entspannt sich noch mehr, als er hört, wo Bernard Doorhandle die letzten beiden Wochen zugebracht hat.
„You're lucky, boys“, verrät er. **„I just came back from hospital yesterday.“**
„Puh!“, schnauft Watson. Wenn er erst gestern aus dem Krankenhaus entlassen wurde, kann Bernard nicht vor drei Tagen ein Grab geplündert haben.
Dann gerät Bernard ins Plaudern. Eine Geschichte nach der anderen erzählt er aus seiner Zeit als **Boy Scout**.
Nachdem auch die dritte Kanne Tee geleert ist, kommt ein zweiter älterer Mann in den Salon.

„Ah!“, freut Bernard sich. **„This is my brother Richard.“**

Auch Richard ist sehr freundlich.

„You’re so young. And we’re so old!“, sagt er mit einem Lachen. **„We love to have young people around!“**

Aber Watson findet, dass es eher traurig klingt. Sherlock und er haben ja noch ein viel längeres Leben vor sich als die alten Männer. „Wie es wohl ist, so alt zu sein?“, fragt Watson sich. „Nicht mehr so schnell rennen und keine Krimis mehr unter der Bettdecke lesen zu können?“

Sherlock drängt plötzlich stark darauf, zu gehen.

„We have to leave now“, sagt der Detektiv und steht auch schon auf.

Monday evening.

Alvin bringt die beiden Jungen nach draußen. **„Who are these boys?"**, hören sie Richard im Hintergrund noch fragen, er möchte von Bernard scheinbar mehr über die Besucher wissen.

„Nice boys, aren't they? They brought back my old torch! I don't know when I gave it away ... Maybe they found it on a flea market."

Mehr hören sie nicht mehr von Bernards Erklärung. Er fragt sich, wann er die Taschenlampe fortgegeben hat, die die Jungs zurückgebracht haben. Watson muss grinsen. Na ja, auf einem Flohmarkt haben sie sie nicht gerade gefunden ...

Es ist schon ziemlich dunkel, Bernard hat wirklich sehr viele lange Geschichten aus seiner Pfadfinderzeit erzählt. Außerdem regnet es leicht. Watson freut sich auf sein gemütliches Zimmer.

Doch kaum sind Sherlock und er 100 Meter von der Villa entfernt, lässt Sherlock erst einmal eine wahre Bombe platzen.

„Richard is one of the culprits!“, erklärt er dem verdutzten Watson. **„I recognized his face!“**

„Wie willst du den Täter erkannt haben?“, widerspricht Watson. „Die beiden waren doch mit Atemschutzmasken vermummt.“

Doch Sherlock hat den dritten Mann erkannt. Den Touristen, der die beiden Arbeiter scheinbar gestört hat.

„Now we know for sure that he was no tourist“, schlussfolgert er.

„He was part of the plan!“

Watson begreift nichts. Wie soll der Mann, der die Grabschänder störte, Teil des Plans gewesen sein?
In diesem Augenblick heult hinter den beiden ein Motor auf. Als Watson sich umdreht, sieht er einen Wagen mit Vollgas auf sie zurasen. Die Scheinwerfer blenden ihn. Trotzdem kann er im letzten Moment seinen Freund am Kragen packen und an die Hauswand ziehen. Mit quietschenden Reifen fährt das Auto um die Ecke.

„Jemand wollte uns umbringen!“, keucht Watson.

Sherlock ist anderer Meinung. **„No, it was just a warning!“**, ist er überzeugt. Eine Warnung, die Nachforschungen um das Grab einzustellen.

Als sie um die Ecke rennen, stehen die Freunde in einer Sackgasse. Für Autos geht es hier nicht weiter, nur Menschen und Tiere können über einen schmalen Weg verschwinden. So wie der rabiate Fahrer.

Am Ende der Straße stehen zehn Autos. Eines davon muss gerade an ihnen vorbeigefahren sein. Sherlock braucht nur einen kurzen Blick auf den Parkplatz zu werfen, dann weiß er, welches. Und natürlich schreibt er sich das Nummernschild auf.

?

Sieh dir die nächsten Seiten an.
Woran sieht Sherlock, welches Auto eben erst abgestellt wurde?

SHERLOCK VERBLÜFFT ALLE

Mit dem notierten Kennzeichen verlässt Sherlock die Sackgasse wieder. Watson kann nur verwundert den Kopf schütteln.
Unter einem Wagen war die Straße nass. Und die Scheibe war noch trocken vom Scheibenwischer. Nur dieses Auto kann sie attackiert haben. Denn die Autos, unter denen es trocken war, parkten offenbar schon länger. Sherlock ist wirklich ein Genie!

Tuesday, early afternoon.
Dienstags am frühen Nachmittag treffen Sherlock und Watson sich mit dem Dekan und David in der Abbey. Sherlock klärt die drei auf, was sich vor einer knappen Woche hier zugetragen hat. Auch Watson erfährt nun erst alle Details, die der Detektiv herausgefunden und sich zusammengereimt hat. Wie immer staunt er.

Zwei Männer hatten es auf etwas Bestimmtes im Grab von Thomas Parr abgesehen. Den Gegenstand, der ursprünglich am Deckel der Grabplatte befestigt war, entnahmen sie und ersetzten ihn durch einen silbernen Becher. So musste es aussehen, als wären sie bei der Tat gestört worden. Der Tourist jedoch gehörte auch zum Team.
Anschließend brachten sie das Diebesgut in die **St George's Chapel**, um es später abzuholen. Sie hofften, nicht ernsthaft verfolgt zu werden, da ja nichts gestohlen worden war.
Der Dekan staunt. **„But where's the stolen item?"**, fragt er. **„And who are the thieves?"**
Als Sherlock den Namen Doorhandle nennt, widerspricht der Dekan aufgebracht. Bis hierher hätten die wilden Spekulationen ja noch der Wahrheit entsprechen können.
„That's not true!", ruft er erzürnt. **„I know the Doorhandles very well. They're dear friends of mine!"**

Freunde oder nicht, sie waren die Täter, da ist Sherlock sich sicher.
Doch die Lords Doorhandle sind angesehene Mitglieder der Gesellschaft. Zwei der Brüder engagieren sich auch hier in der Abtei.
Sie sind sogar Mitglieder im Komitee für die Erhaltung der Kirchenschätze.
„Give me five more minutes“, erbittet sich Sherlock mehr Zeit, um alle zu überzeugen.
Gemeinsam gehen die vier in die Kapelle.
Hier deutet der Detektiv zur Decke. Viele Kameras gibt es hier. Die, die durch die Taschenlampe geblendet wurde, ist auf den Krönungsstuhl gerichtet. Auf ihm saßen in den letzten beinahe 1000 Jahren die Könige während der Krönungszeremonie.
Sherlock weiß natürlich, dass der Stuhl unter der Sitzfläche hohl ist. Denn einst lag ein Krönungsstein darin.
Auf seine Anweisung hin stellt David die Alarmanlage aus.
„Now we’ll see what has been stolen“,

glaubt der Detektiv. Alle werden nun sehen, was gestohlen worden ist.
Vor den staunenden Augen des Dekans und des Wachmannes greifen Sherlock und Watson unter die Sitzfläche des Stuhls.
Dort finden sie die Lunchbox der Bauarbeiter.
„Who wants to open the box?“, fragt Sherlock. Der Dekan selbst lässt es sich nicht nehmen, dieses große Rätsel zu lösen.
Er öffnet die Box. Zum Vorschein kommt ein uraltes, morsches Holzkistchen. Darin ist ein altes Stück Leder mit Buchstaben darauf.
Der Text ist handgeschrieben und stammt von einem Arzt, der den alten Thomas Parr kurz vor dessen Tod untersuchte und mit ihm sprach. Es ist das Rezept, wie man ein solch biblisches Alter erreichen kann. Der Text lautet:

Watson ist verblüfft. Das soll das Geheimnis für ein langes Leben sein? Einmal am Tag Schafsmilch trinken? Einmal in der Woche die Wurzeln von Gänseblümchen essen? Einmal im Monat zum Heiligen Geist beten? Und einmal im Jahr in einem Bett aus feuchtem Stroh schlafen?
Wer sich daran hält, wird garantiert 150 Jahre oder älter, steht auf der Außenseite des Leders.
Auch Wachmann David wundert sich. Über das seltsame Diebesgut. Und: Der Stuhl ist viel besser gesichert als die Grabplatte. Warum also haben die Täter den Schatz hierhergebracht?
„It doesn't make sense!", glaubt er.
Nun wird der Dekan bleich. **„The Doorhandles have a key for the alarm system."**
Wie alle Mitglieder des Komitees haben auch die Doorhandles einen Schlüssel für die Alarmanlage!

Mit David und zahlreichen Polizisten fahren die Jungs zu den Doorhandles.
Im Arbeitszimmer von Lord Richard wird ein 350 Jahre altes Buch über Thomas Parr gefunden. Darin berichtet ein Augenzeuge der Beisetzung von dieser besonderen Grabbeigabe.
Die drei Brüder gestehen die Tat. Einzig Bernard Doorhandle wusste von nichts.
„Why didn't you tell him?", will Sherlock wissen.
„Bernard?" schnaubt Richard. **„He's too honest. Whatever has happened, he has never forgotten the values of the Scouts!"**
Bernard hat also ein Leben lang die Werte der Pfadfinder beherzigt. Auch heute noch ist er nach Ansicht seines Bruders viel zu ehrlich.

Nun versteht Watson auch Richards Bemerkung über ihr Alter. Die drei Lords sind alle über 70 Jahre alt. Von dem Rezept des Arztes haben sie sich erhofft, mindestens noch einmal so lange leben zu können.

„Yes, it's true", gesteht Richard, als ihm die Handschellen angelegt werden. **„We wanted to live for another 70 years!"**

Watson freut sich schon auf die Zeitung von morgen. Endlich wird Shirley erfahren, was für brillante Detektive Sherlock und er sind. Doch der Dekan nimmt die beiden Jungen zur Seite.

„The case is still top secret", wiederholt er. **„No word to anybody."**

Watson seufzt schwer. Sie haben dem Dekan ja versprechen müssen, strengstes Stillschweigen zu bewahren. Kein Wort dürfen sie über den Fall verlieren. Nix wird's mit dem Ruhm.

Als die Polizisten sie vor ihrem Büro absetzen, staunt Shirley.

Sie stellt sogar ihren Roller ab.
„What have you done?“, will sie neugierig wissen. **„Have you stolen something?“**
Watson verrät nur ein ganz kleines bisschen. „Nein, wir haben nichts gestohlen“, antwortet er. „Im Gegenteil.“
„We found something that had been stolen“, fügt Sherlock hinzu. **„We're detectives.“**
Shirley rollt genervt mit den Augen.
„Can't you ever talk about something else?“, beschwert sie sich.
„About superheroes, for example? Or about superheroines!“
Das ist nicht Watsons Fachgebiet.
„A superheroine and a detective would make a perfect couple“, sagt Sherlock. Dabei hebt er die Hände, als wolle er auf Shirley und Watson deuten.
Watson wird tiefrot. Eine Superheldin und ein Detektiv als perfektes Liebespaar? Was will sein Chef denn damit sagen?

Auch Shirley ist verwirrt und hat ganz rote Wangen bekommen. Sie streckt den beiden die Zunge heraus und fährt davon.
Zurück im Büro, blättert Sherlock in einem Buch über berühmte Ärzte, das er im Regal von Mortimers Besitzerin gefunden hat. Darin ist auch ein Kapitel über James Black, den Mann, der Thomas Parr untersucht und das Rezept geschrieben hat. Sherlock lacht laut los.
„Crime doesn't pay", bekräftigt er.
Verbrechen zahlt sich nicht aus. Und in diesem Fall trifft diese Weisheit besonders gut zu. Der Diebstahl war wirklich völlig umsonst. James Black starb nämlich bereits mit 32 Jahren. Soooo wertvoll kann das Rezept ja nun wirklich nicht gewesen sein …
Jetzt muss auch Watson erleichtert lachen. Das war ja wirklich ein todsicherer Tipp auf dem Zettel!

GLOSSARY – GLOSSAR

Englisch anhören unter: www.duden-leseprofi.de/Sherlock-Grab

4 Saturday morning.	Samstagmorgen.
4 We are closed.	Wir haben geschlossen.
4 Open the door, please. The bell is ringing.	Öffne die Tür, bitte. Es klingelt. (Wörtlich: Die Klingel läutet.)
5 Good morning, my young friend. May I come in?	Guten Morgen, mein junger Freund. Darf ich hereinkommen?
7 It's raining cats and dogs!	Es regnet in Strömen. (Wörtlich: Es regnet Katzen und Hunde.)
7 I hope nobody has followed me. My case is top secret!	Ich hoffe, niemand ist mir gefolgt. Mein Fall ist streng geheim!
8 Where's the detective?	Wo ist der Detektiv?
8 I'm here! What's your name?	Ich bin hier! Wie lautet Ihr Name?
8 Are you ill?	Sind Sie krank?
8 Yes, I have the flu.	Ja, ich habe die Grippe.
8 But why are you here?	Aber warum sind Sie hier?
8 Westminster Abbey	Westminster Abbey ist die Abtei von Westminster, eine weltberühmte Kirche in London. In ihr werden seit 1066 die Könige und Königinnen Englands gekrönt. Hier sind auch viele berühmte Personen begraben.
9 I was robbed by an animal!	Ich wurde von einem Tier ausgeraubt!
9 And a gentleman named Thomas Parr.	Und ein Gentleman namens Thomas Parr.
9 Thomas Parr? Who's that? I've never heard of him.	Thomas Parr? Wer ist das? Ich habe noch nie von ihm gehört.
10 When Thomas Parr died, he was 152 years and 9 months old!	Als Thomas Parr starb, war er 152 Jahre und 9 Monate alt!
10 That's what the books say.	So heißt es in den Büchern. (Wörtlich: Das ist es, was die Bücher sagen.)
11 Yesterday his grave was opened, by one single person.	Gestern wurde sein Grab geöffnet, von einer einzelnen Person.
11 What has been stolen?	Was wurde gestohlen?
12 Do you know the Eighth Commandment of the Bible?	Kennen Sie das achte Gebot (der Bibel)?

12	It hasn't been a lie. It has been a test. You're a good detective, Mr Holmes. Please come to the Abbey at 12 o'clock.	Es war keine Lüge. Es war ein Test. Sie sind ein guter Detektiv, Herr Holmes. Bitte kommen Sie um 12 Uhr zur Abbey (Abtei).
13	THO: PARR OF YE COUNTY OF SALLOPP. BORNE IN AD: 1483. HE LIVED IN YE REIGNES OF TEN PRINCES. VIZ: KING EDWARD 4. KING EDWARD 5. KING RICHARD 3. KING HENRY 7. KING HENRY 8. KING EDWARD 6. QUEEN MARY. QUEEN ELIZABETH. KING JACOB & KING CHARLES. AGED 152 YEARS & WAS BURYED HERE NOVEMB. 15. 1635.	An: Parr aus dem Bezirk Sallopp. Geboren nach Christus: 1483. Er lebte während der Herrschaft von zehn Königen, siehe auch Eintrag zu S. 29 auf S. 90 Als da waren: König Edward (Eduard) der Vierte. König Edward (Eduard) der Fünfte. König Richard der Dritte. König Henry (Heinrich) der Siebte. König Henry (Heinrich) der Achte. König Edward (Eduard) der Sechste. Königin Mary. Königin Elizabeth (Elisabeth). König Jacob (Jakob) und König Charles (Karl). Wurde 152 Jahre alt und wurde hier begraben am 15. November 1635.
14	Saturday, noon.	Samstag, mittags.
14	Westminster Abbey	Abtei von Westminster, siehe Eintrag zu S. 8 auf S. 87
15	Very Important Person	sehr wichtige Person
15	Where's your boss?	Wo ist Ihr Chef?
16	Hi, my name is David. Are you Sherlock Holmes?	Hallo, mein Name ist David. Sind Sie Sherlock Holmes?
16	No, we're his assistants. The detective has the flu.	Nein, wir sind seine Assistenten. Der Detektiv hat die Grippe.
17	This is the grave of David Livingstone, the famous explorer of Africa.	Dies ist das Grab von David Livingstone, dem berühmten Afrikaforscher.
18	Make room!	Macht Platz!
18	Everything's like the culprits left it.	Alles ist so, wie die Täter es zurückgelassen haben.
19	Let's do this later. First I want to talk to the other security guards.	Lasst uns das später machen. Zuerst möchte ich mit den anderen Wachleuten sprechen.
20	They're both young!	Sie sind beide jung!
20	They're both old.	Sie sind beide alt.

20	They're tall.	Sie sind groß.
20	They're small.	Sie sind klein.
20	tall – small young – old fat – slim black shoes – white shoes long hair – short hair	groß – klein jung – alt dick – dünn schwarze Schuhe – weiße Schuhe langes Haar – kurzes Haar
21	All opposites!	Nur Gegensätze!
21	They speak excellent English.	Sie sprechen hervorragendes Englisch.
21	Okay. Let's see what they really look like.	Okay. Lasst uns schauen, wie sie wirklich aussehen.
23	We have more than one hundred cameras. It'll take a lot of time to watch the recordings.	Wir haben mehr als einhundert Kameras. Es wird lange dauern, die Aufnahmen anzusehen.
23	fish and chips	Frittierte Fischfilets mit dicken frittierten Kartoffelstäbchen. Diese Speise gilt als inoffizielles Nationalgericht des Vereinigten Königreichs.
24	Tomorrow we'll watch the recordings. And tonight we'll open the grave.	Morgen werden wir uns die Aufnahmen ansehen. Und heute Abend werden wir das Grab öffnen.
25	Detectives don't fear anything.	Detektive fürchten sich vor gar nichts.
25	Yes. Assistants don't fear anything either.	Ja. Assistenten fürchten sich ebenfalls vor gar nichts.
25	Very tasty. Now let's sleep a little. It's going to be a long night.	Sehr lecker. Lass uns nun ein wenig schlafen. Es wird eine lange Nacht werden.
26	Saturday, 7 p.m.	Samstag, 7 Uhr abends.
26	Westminster Abbey	Abtei von Westminster, siehe Eintrag zu S. 8 auf S. 87
27	Hello again, boys.	Schön, euch wiederzusehen. (Wörtlich: Hallo noch mal, Jungs.)
27	Let there be light.	Es werde Licht. (Dieser Satz stammt aus der Bibel.)
27	It's only stone, not flesh and bone.	Es ist nur Stein, nicht Fleisch und Knochen. (Im Deutschen würde man sagen: … nicht Fleisch und Blut.)
29	Hold this for a minute, please.	Halt das einen Moment, bitte. (Wörtlich: Halt dies für eine Minute, bitte.)
29	Every detail could be important.	Jedes Detail könnte wichtig sein.

29 He lived in the reigns of ten princes.	Er lebte während der Herrschaft von zehn Landesherren / Königen. (Diese Bedeutung von „prince“ ist veraltet, heute steht „prince“ nur noch für Prinz oder Fürst.)
30 Come on, give me a hand!	Komm, hilf mir! (Wörtlich: Komm, gib mir eine Hand!)
31 Open your eyes. Don't be a coward!	Mach deine Augen auf. Sei kein Feigling!
31 Very strange. A great mystery.	Sehr seltsam. Ein großes Rätsel.
32 Maybe we can't see everything.	Vielleicht können wir nicht alles sehen.
32 I've got you!	Hab ich dich!
33 Let's go home.	Lass uns nach Hause gehen.
36 Sunday night and early morning.	Sonntagnacht und früher Morgen.
36 Westminster Abbey	Abtei von Westminster, siehe Eintrag zu S. 8 auf S. 87
36 Leave me alone!	Lass mich in Ruhe! / Lass mir meine Ruhe! (Wörtlich: Lass mich allein!)
37 It's Sunday morning. Eleven minutes past five.	Es ist Sonntagmorgen. Elf Minuten nach fünf.
37 I'm hungry! And I'm thirsty. And today is my birthday. Sing a song for me!	Ich bin hungrig! Und ich bin durstig. Und heute ist mein Geburtstag. Sing ein Lied für mich!
38 Are you really a detective?	Bist du wirklich ein Detektiv?
38 top secret	streng geheim
39 A true detective would know!	Ein wahrer Detektiv würde es wissen!
40 Sunday afternoon.	Sonntagnachmittag.
40 Sit down, please. I've found some very interesting recordings.	Setzt euch, bitte. Ich habe einige sehr interessante Aufnahmen gefunden.
41 It's fake. But it's almost perfect.	Es ist eine Fälschung. Aber sie ist nahezu perfekt.
42 They're working very quickly.	Sie arbeiten sehr schnell.
43 I've paid a lot of money to come in! I want to see the grave of Thomas Parr!	Ich habe viel Geld bezahlt, um hereinzukommen! Ich will das Grab von Thomas Parr sehen!
44 Don't disturb us! We have to work!	Stören Sie uns nicht! Wir haben zu arbeiten!
44 I will complain to the guards!	Ich werde mich bei den Wachleuten beschweren!
45 I like this! A tourist has saved the silver cup.	Das gefällt mir! (Wörtlich: Ich mag das!) Ein Tourist hat den Silberbecher gerettet.

45	Nothing has been stolen.	Nichts wurde gestohlen.
45	But the robbers did not leave the Abbey. They went somewhere else.	Aber die Räuber haben die Abbey (Abtei) nicht verlassen. Sie sind woanders hingegangen.
46–47		
	CHAPTER HOUSE	Kapitelhaus (ein Versammlungssaal für Geistliche)
	ABBEY MUSEUM	Abteimuseum
	PYX CHAMBER	In der „Pyx" wird die Hostie aufbewahrt, also das Brot für das Abendmahl, und zwar für Personen, die zu alt oder zu krank sind, um es in der Kirche zu sich zu nehmen.
	POET'S CORNER	die Ecke des Dichters
	PARR'S GRAVE	das Grab des Thomas Parr
	CLOISTER GARTH	Klostergarten
	THE CLOISTERS	die Klöster
	HENRY VII'S LADY CHAPEL	die Damenkapelle Henry (Heinrich) des Siebten
	SHRINE OF ST. EDWARD THE CONFESSOR	Schrein von St. Edward (der Heilige Eduard) dem Bekenner
	SACRARIUM	ein kleines Wasserbecken mit Abfluss für das Weihwasser
	NORTH TRANSEPT	nördliches Querschiff
	SOUTH TRANSEPT	südliches Querschiff
	GREAT NORTH DOOR	großes Nordtor
	ST MARGARET'S CHURCH	St.-Margarets-Kirche
	CHOIR	Chor
	NAVE	Mittelgang, Langhaus
	UNKNOWN WARRIOR	unbekannter Soldat
	GREAT WEST DOOR	großes Westtor
	ST GEORGE'S CHAPEL	die Kapelle des Heiligen George (Georg)
48	It's time to say goodbye.	Es ist Zeit, sich zu verabschieden.
48	St George's Chapel	die Kapelle des Heiligen George (Georg)
48	Very good, Watson. I'm proud of you!	Sehr gut, Watson. Ich bin stolz auf dich!
49	Here they are.	Hier sind sie.
50	Always be prepared!	Sei immer (auf alles) vorbereitet!
50	My goodness!	Meine Güte!
50	No. Something wicked has happened in there.	Nein. Etwas Schlimmes/Schändliches ist hier passiert.

51 By the way: I have the torch here. The cleaning person gave it to me.	Übrigens: Ich habe die Taschenlampe hier. Die Reinigungskraft hat sie mir gegeben.
51 May I take it with me?	Darf ich sie mitnehmen?
51 If you leave now, you can take it.	Wenn ihr jetzt geht, kannst du sie mitnehmen.
52 They could come back and open another grave!	Sie könnten zurückkommen und ein weiteres Grab öffnen!
52 That's routine.	Das ist Routine.
53 As we told you! Nothing has been stolen. No theft, no thieves.	Wie wir es euch gesagt haben! Nichts wurde gestohlen. Kein Diebstahl, keine Diebe.
53 This is not the end of the case! It's the beginning!	Das ist nicht das Ende des Falls! Es ist der Anfang!
55 Monday morning.	Montagmorgen.
55 in one ear and out the other	zum einen Ohr rein, zum anderen Ohr raus
55 Westminster Abbey	Abtei von Westminster, siehe Eintrag zu S. 8 auf S. 87
55 St George's Chapel	die Kapelle des Heiligen George (Georg)
55 – 56 Walter, what's your favourite building in London?	Walter, was ist dein Lieblingsgebäude in London?
56 Westminster Abbey	Abtei von Westminster, siehe Eintrag zu S. 8 auf S. 87
56 London Eye	London Eye, das „Auge von London". Es heißt auch „Millennium Wheel", „Jahrtausend-Rad", und ist das höchste freitragende Riesenrad der Welt. Es ist 135 Meter hoch.
56 St Paul's Cathedral	St Paul's Cathedral, die St.-Pauls-Kathedrale, ist neben Westminster Abbey die bekannteste Kirche Londons.
56 Tower Bridge	Die Tower Bridge, wörtlich „Turmbrücke", ist eine berühmte alte Klappbrücke in London.
56 Palace of Westminster	Im „Palace of Westminster", Westminster-Palast, sitzt die britische Regierung.

56	Monday afternoon.	Montagnachmittag.
56	Take this.	Nimm das.
57	Go to a silversmith. Ask him what he can say about the cup.	Geh zu einem Silberschmied. Frag ihn, was er über den Becher sagen kann.
57	Oxford Street	Die Oxford Street, „Oxford-Straße“, ist eine große und beliebte Einkaufsstraße in London.
57	Good afternoon, Walter!	Guten (Nachmit)Tag, Walter!
57	How was your grandma's birthday party? Did she like the ring?	Wie war die Geburtstagsfeier deiner Großmutter? Hat ihr der Ring gefallen?
58	The cup is very old. About one hundred years. It's worth about 50 pounds.	Der Becher ist sehr alt. Ungefähr einhundert Jahre. Er ist ungefähr 50 Pfund wert.
59	It's all I can say about it. I cannot say who the owner was.	Das ist alles, was ich darüber sagen kann. Ich kann nicht sagen, wer der Besitzer war.
59	Cookies! I want more cookies!	Kekse! Ich will mehr Kekse!
59	What shall we do with the drunken sailor?	Was sollen wir mit dem betrunkenen Seemann machen? (Hierbei handelt es sich um ein altes Seemannslied.)
60	Ah, Watson! Do you have good news for me?	Ah, Watson! Hast du gute Nachrichten für mich?
60	Good news! Very good news! All the pieces of the puzzle fit together.	Gute Nachrichten! Sehr gute Nachrichten! Alle Teile des Puzzles passen zusammen.
61	Maybe this torch can tell us something interesting.	Vielleicht kann uns diese Taschenlampe etwas Interessantes verraten.
61	No fingerprints.	Keine Fingerabdrücke.
62	Hello! Here comes the next piece of the puzzle!	Hallo! Hier kommt das nächste Puzzleteil!
62	Buckingham Palace	Buckingham Palace (der Buckingham-Palast) ist der offizielle Sitz des britischen Königs/der britischen Königin.
62–63	Boy Scouts	Pfadfinder
63	West London	Westlondon
63	Award for making a perfect fire	Auszeichnung für das Schüren eines perfekten Feuers
63	ten years old	zehn Jahre alt

63	4th of September 1952	4. September 1952
64	Good work, Watson! Now we know three things about the owner of the torch. We know his name, his age and where he lived.	Gute Arbeit, Watson! Nun wissen wir drei Dinge über den Besitzer der Taschenlampe. Wir wissen seinen Namen, sein Alter und wo er wohnte.
64	A Boy Scout never sells his first torch!	Ein Pfadfinder verkauft niemals seine erste Taschenlampe!
65	Time for five o'clock tea.	Zeit für den Fünfuhrtee. Der Fünfuhrtee wird in einem alten englischen Ritual am Nachmittag getrunken.
65	We'll drink the tea with Mr Doorhandle.	Wir werden den Tee mit Mr Doorhandle trinken.
66	Westminster Abbey	Abtei von Westminster, siehe Eintrag zu S. 8 auf S. 87
66	Are you ready for some tea?	Bist du bereit für etwas Tee?
67	How can I help you, gentlemen?	Wie kann ich Ihnen helfen, Gentlemen?
67	We want to visit Bernard Doorhandle.	Wir möchten Bernard Doorhandle besuchen.
68	We've found this torch. Mr Doorhandle has lost it.	Wir haben diese Taschenlampe gefunden. Herr Doorhandle hat sie verloren.
68	The Times	The Times (wörtlich: „Die Zeit") ist eine große britische Tageszeitung.
68	You have visitors, Mr Doorhandle.	Sie haben Besucher, Herr Doorhandle.
69	Two more cups, please, Alvin! Our guests must be thirsty.	Zwei weitere Tassen bitte, Alvin! Unsere Gäste müssen durstig sein.
69	How did you find out that it belongs to me?	Wie habt ihr herausgefunden, dass sie mir gehört?
69	We found this inside.	Wir haben dies darin gefunden.
70	Oh, yes! I got an award for making a perfect fire!	Oh, ja! Ich habe eine Auszeichnung für das Schüren eines perfekten Feuers bekommen!
70	You're lucky, boys. I just came back from hospital yesterday.	Ihr habt Glück, Jungs. Ich bin gerade erst gestern aus dem Krankenhaus zurückgekommen.
70	Boy Scout	Pfadfinder
71	Ah! This is my brother Richard.	Ah! Das ist mein Bruder Richard.
71	You're so young. And we're so old! We love to have young people around!	Ihr seid so jung. Und wir sind so alt! Wir lieben es, junge Leute um uns herum zu haben!

71	We have to leave now.	Wir müssen jetzt gehen.
72	Monday evening.	Montagabend.
72	Who are these boys?	Wer sind diese Jungs?
72	Nice boys, aren't they? They brought back my old torch! I don't know when I gave it away … Maybe they found it on a flea market.	Nette Jungs, nicht wahr? Sie haben meine alte Taschenlampe zurückgebracht! Ich weiß nicht, wann ich sie weggegeben habe … Vielleicht haben sie sie auf einem Flohmarkt gefunden.
73	Richard is one of the culprits! I recognized his face!	Richard ist einer der Täter! Ich habe sein Gesicht erkannt!
73	Now we know for sure that he was no tourist. He was part of the plan!	Jetzt wissen wir sicher, dass er kein Tourist war. Er war Teil des Plans!
75	No, it was just a warning!	Nein, es war nur eine Warnung!
78	Tuesday, early afternoon.	Dienstag, früher Nachmittag.
79	St George's Chapel	die Kapelle des Heiligen George (Georg)
79	But where's the stolen item? And who are the thieves?	Aber wo ist der gestohlene Gegenstand? Und wer sind die Diebe?
79	That's not true! I know the Doorhandles very well. They're dear friends of mine!	Das ist nicht wahr! Ich kenne die Doorhandles sehr gut. Sie sind gute Freunde von mir!
80	Give me five more minutes.	Geben Sie mir fünf Minuten.
80	Now we'll see what has been stolen.	Jetzt werden wir sehen, was gestohlen wurde.
81	Who wants to open the box?	Wer will die Dose öffnen?
81	Drink the milk of a sheep once a day. Eat the roots of a daisy once a week. Pray to the Holy Ghost once a month. Sleep in a bed of wet straw once a year.	Trink einmal am Tag die Milch eines Schafs. Iss einmal in der Woche die Wurzeln eines Gänseblümchens. Bete einmal im Monat zum Heiligen Geist. Schlaf einmal im Jahr in einem Bett aus nassem Stroh.
82	It doesn't make sense!	Es macht keinen Sinn!
82	The Doorhandles have a key for the alarm system.	Die Doorhandles haben einen Schlüssel für die Alarmanlage.
83	Why didn't you tell him?	Warum haben Sie ihm nichts gesagt?
83	Bernard? He's too honest. Whatever has happened, he has never forgotten the values of the Scouts!	Bernard? Er ist zu ehrlich. Was auch immer passiert ist, er hat niemals die Werte der Pfadfinder vergessen!
84	Yes, it's true. We wanted to live for another 70 years!	Ja, es ist wahr. Wir wollten weitere 70 Jahre leben.

84	The case is still top secret. No word to anybody.	Der Fall ist immer noch streng geheim. Kein Wort zu niemandem.
85	What have you done? Have you stolen something?	Was habt ihr gemacht? Habt ihr etwas gestohlen?
85	We found something that had been stolen. We're detectives.	Wir haben etwas gefunden, das gestohlen wurde. Wir sind Detektive.
85	Can't you ever talk about something else?	Könnt ihr nie über etwas anderes reden?
85	About superheroes, for example? Or about superheroines!	Über Superhelden zum Beispiel? Oder über Superheldinnen!
85	A superheroine and a detective would make a perfect couple.	Eine Superheldin und ein Detektiv würden ein perfektes Paar abgeben.
86	Crime doesn't pay.	Verbrechen zahlt sich nicht aus.

Hinweis: Damit es einheitlich ist und nicht verwirrt, setzen wir alle Anführungszeichen so: „ “
In einem englischen Text würdest du sie so setzen: “ ”

SHERLOCK JUNIOR

und die Raben vom Tower of London

THiLO

mit Bildern von Nikolai Renger

INHALT

Tipp:

Die Übersetzung für alle englischen Wörter und Sätze kannst du dir herunterladen unter:
www.duden-leseprofi.de/Sherlock-Tower

BLUTIGE KEKSE

Sunday at noon.
Es ist Sonntagmittag. Watson und Sherlock Junior sitzen in ihrem Büro und langweilen sich schrecklich. Schon seit Wochen haben sie keinen neuen Auftrag mehr erhalten.
Sogar Rabe Mortimer gähnt. Um ihn kümmern sich die beiden Jungs, während seine Besitzerin im Urlaub ist.
„I'm singing in the rain!“, krächzt Mortimer nun.
Dabei könnte er im Moment gar nicht im Regen singen. Draußen ist schönster Sonnenschein.
Letzte Nacht hat es allerdings ein ziemlich heftiges Gewitter gegeben.
Sherlock trommelt mit den Fingern auf dem Wohnzimmertisch herum.
„Watson!“, ruft er plötzlich. **„Check if the sign is still outside!“**

Watson heißt eigentlich Walter und kommt aus Berlin. Nun lebt er mit seinen Eltern in London. Als er Sherlock kennengelernt hat, hat dieser ihn kurzerhand in Watson umgetauft. Denn so hieß auch der Gehilfe des echten Sherlock Holmes. Angeblich ist Sherlock Junior sein Nachfahre.
Nun seufzt Watson tief. Aber er hat ja gerade ohnehin nichts Besseres zu tun, also steht er auf. Er geht aus der Wohnung und hinunter auf die Straße. Ja, an der Tür hängt noch das Schild, nach dem sein Chef gefragt hat:

Neben Sherlock steht in Handschrift noch **and Watson**. Das hat Watson dort hingeschrieben, denn schließlich hilft er seinem Chef ja dabei, jeden Kriminalfall zu lösen.

Ihr Detektivbüro ist eigentlich die Wohnung von Mortimers Besitzerin, einer alten Dame. Sherlock hat den Schlüssel nur, um den Raben zu füttern, wenn sie auf Reisen ist. Doch Detektive brauchen schließlich ein Büro, oder?

Watson will gerade in die Wohnung zurückkehren. Da tippt ihm jemand auf die Schulter. Watson fährt herum. Es ist Shirley, das Mädchen aus der Nachbarschaft.

„Good morning, Walter.“ Sie schaut auf das Schild. **„Are you really detectives?“**, will sie wissen.

Watson rollt mit den Augen. Shirley hat ihn bestimmt schon 100-mal gefragt, ob sie wirklich Detektive sind.

„Ja, das sind wir“, sagt er knapp.

Aber diesmal lacht Shirley ihn gar nicht aus. Im Gegenteil. Scheinbar hat sie beeindruckt, dass Sherlock und er nach dem letzten Fall von der Polizei nach Hause gebracht worden sind. Oder ist ihr auch so langweilig wie ihm?
„Can I help you with your next case?“, bettelt sie jedenfalls.
„Du willst uns bei unserem nächsten Fall helfen?“, wundert Watson sich.
Dann seufzt er wieder. „Wir haben gar keinen!“
Shirley ist enttäuscht. Sie zuckt mit den Schultern und fährt mit ihrem Roller davon.
Oben in der Wohnung sieht Watson etwas Seltsames: Sherlock macht einen Kopfstand.
„It’s good for the brain“, erklärt er. **„I have to do it because I’ve nothing to think about.“**
Watson ist sich nicht sicher. Kopfstand soll gut fürs Gehirn sein? Sherlock will damit ausgleichen, dass er zurzeit nichts hat, worüber er nachdenken kann …

„Is the sign still there?“, fragt Sherlock. Watson nickt. Am fehlenden Schild kann es nicht liegen, dass keine Kunden da sind. Es hängt noch an Ort und Stelle.
„Let's play chess!“, schlägt Sherlock nun vor und springt auf die Füße.
Watson will nicht Schach spielen. Schon gar nicht gegen seinen Chef. Da verliert er doch sowieso immer. Außerdem erinnert es ihn an ihren Fall mit dem kopflosen Bischof und den anderen alten Schachfiguren. Der war ziemlich gruselig. Trotzdem baut Watson das Brett auf. Irgendwie muss man die Zeit ja rumkriegen.
Kaum hat er die Türme aufgestellt, klingelt es an der Tür.
„Open the door!“, jubelt Sherlock. **„We have a client!“**
Watson geht zur Tür und drückt den Türöffner. Aber ein neuer Klient ist das bestimmt nicht. Er vermutet, dass Shirley den beiden Jungs noch einmal ihre Mitarbeit anbieten möchte.

Doch zu seinem großen Erstaunen kommt ein Mann die Treppe herauf. Er ist in mittlerem Alter, so etwa 40, schätzt Watson. Sherlock hat ihm das beigebracht: Ein Detektiv muss sich immer alles sofort einprägen. Auch wie die Personen aussehen, mit denen er zu tun hat.

Als der Mann Watson sieht, will er im Hausflur an ihm vorbeigehen.

„Sorry to disturb you!“, murmelt er.

„I'm looking for a detective!“

Der Mann glaubt offenbar, er hätte auf der Suche nach einem Detektiv die falsche Klingel gedrückt.

„Come in!“, antwortet Watson nur und macht die Tür weit auf. Das passiert Sherlock und ihm ständig. Zwar gibt es im gesamten Königreich kein besseres Team als sie. Aber die Erwachsenen glauben alle, Kinder könnten keine guten Detektive sein. Da irren sie sich gewaltig! Deshalb greifen Sherlock und Watson seit einiger Zeit zu einer List und tun so, als seien sie bloß die Gehilfen des Detektivs. Wenn Klienten da sind, hockt Sherlock dann immer hinter einem Raumteiler und gibt sich als Erwachsener aus. Den Besuchern erzählen die Kinder, der große Detektiv wolle sich nicht in der Öffentlichkeit zeigen. Niemand dürfe sein Gesicht kennen. Das teilt Watson jetzt auch dem Herrn mit. Er hofft, dass sein Chef es auch heute noch rechtzeitig hinter den Raumteiler geschafft hat.
Watson führt den Mann extra langsam den Flur entlang. Als er die Tür zum Wohnzimmer aufstößt, sitzt Sherlock zum Glück bereits

am Schreibtisch. Der Kunde kann nur seine Umrisse erkennen.

„Sit down, please!“, begrüßt Sherlock ihn mit tiefer Stimme.

Der Mann setzt sich. **„My name is John O’Connor“**, stellt er sich vor. **„A good friend gave me your address.“**

Aha: Ihr Besucher heißt John O’Connor und hat Sherlocks Adresse von einem guten Freund. Er erzählt auch gleich weiter: Es war der Vorsteher der Abtei von Westminster, für den Sherlock und Watson einmal einen Grabräuber entlarvt haben.

„He said you’re the best detective in the United Kingdom!“, fügt John hinzu.

Watson stößt vor Begeisterung einen schrillen Pfiff aus. Der Vorsteher hält Sherlock also für den besten Detektiv des Vereinigten Königreichs! Und da Watson ihm immer hilft, gilt das Lob auch für ihn. Was für eine Ehre!

Sherlock hingegen nickt und sagt nur ein einziges Wort: **„Yes!“**

Dann beginnt John O'Connor zu berichten. Natürlich erbittet er absolute Verschwiegenheit, denn bei diesem Fall steht das Schicksal von ganz England auf dem Spiel!

Und die Geschichte, die er dann erzählt, haut Watson fast vom Stuhl.

John O'Connor arbeitet im **Tower of London**. **„Nowadays the Tower is very famous for the Crown Jewels“**, erklärt O'Connor. Das weiß in England jedes Kind: Innerhalb der hohen Mauern des Towers werden heutzutage die Kronjuwelen aufbewahrt, ein unglaublich wertvoller Schatz.

Doch neun Jahrhunderte lang diente der Tower als Kerker und Hinrichtungsstätte, wie der Mann weiter berichtet. Oft saßen hier die wichtigsten Gefangenen ein, wie Könige oder Herzöge. Denn hier konnte ihnen ein standesgemäßer Aufenthalt

geboten werden.
Gleichzeitig wurden sie streng bewacht.
John O'Connor ist aber kein Wachmann.
Er poliert auch keine Juwelen.
Er hat im Tower den ungewöhnlichsten Beruf, von dem Watson je gehört hat: Er ist **Ravenmaster**, also Rabenmeister. Das heißt, er muss die Tower-Raben betreuen, füttern und abends in ihre Käfige sperren.
Er ist Tierpfleger und Butler zugleich: Im Morgengrauen weckt er die Vögel und serviert ihnen das Frühstück.
„Each one gets 170 grams of raw meat“, zählt er auf. **„And they get biscuits soaked in blood.“**
Watson läuft es eiskalt den Rücken hinunter.
Jeder Rabe bekommt morgens 170 Gramm rohes Fleisch! Und dazu Kekse, die in Blut getränkt wurden!
Dabei muss es sich doch wohl um einen schlechten Scherz handeln?

Sherlock allerdings nickt wieder. Diesmal sagt er sogar zwei Wörter: **„I know."** Sherlock weiß Bescheid.
Sein Job ist einer der wichtigsten in ganz Britannien, meint John O'Connor. Denn es gibt eine alte Legende, an die nicht nur die Könige und Königinnen seit jeher glauben. Sie besagt, dass der Tower dem Untergang geweiht ist, wenn keine Raben mehr dort sind – und mit ihm das gesamte Königreich. Watson schüttelt ungläubig den Kopf. Um was für einen Fall dreht es sich hier eigentlich?

Wenn er mit dem Blut zu tun hat, steigt Watson aus, so viel ist klar! Wenn er sich nur den kleinsten Kratzer holt, wird Watson fast ohnmächtig.

Aber Blut spielt in diesem Fall zum Glück keine Rolle. Doch er ist kompliziert.

„The ravens are gone! All seven!“, stammelt John mit brüchiger Stimme. **„Their cages are empty!“**

Da horcht auch Watson auf. Die Raben sind weg, alle sieben. Und ihre Käfige sind leer!

„What a sad, sad story!“, krächzt Mortimer, als ob auch er verstanden hätte. Eine sehr traurige Geschichte. John O’Connor macht sich die größten Vorwürfe. Er hat die Raben wie jeden Abend in ihre Käfige gesperrt. Den Schlüssel dazu trägt er immer um den Hals. Doch durch das Gewitter hat er vielleicht die Türen zu schlampig geschlossen. Jedenfalls sind alle sieben seitdem verschwunden.

Trotz des Raumteilers weiß Watson, dass es in Sherlocks Kopf heftig arbeitet.

„Do you have photos of the ravens?“, erkundigt Sherlock sich nach langer Stille.

„Sure!“, antwortet John und zieht ein Infoblatt über die Raben aus der Tasche seines Jacketts. Watson gibt es an seinen Chef weiter.

Sherlock betrachtet es lange, dann reicht er es an Watson zurück.

„They did not fly away“, kombiniert er.

John schüttelt den Kopf. **„Of course that's not possible.“**

Watson staunt. Wieso können die Raben nicht einfach weggeflogen sein?

Er schaut zuerst zu Mortimer und dann in die Broschüre.

Da geht auch ihm ein Licht auf.

?

Wie hat auch Watson schließlich erkannt, dass die Raben nicht weggeflogen sein können?

Lovely Breakfast: Meat and cookies
The Ravens of the Tower of London
In the name of Her Majesty: Soldiers with wings
The wings are cut back to prevent from flying away

SOLDATEN IHRER MAJESTÄT

Watson ruft stolz: „Die Raben können nicht fliegen, weil ihre Flügel gestutzt sind. Und die Mauern rundherum sind zu hoch. Mortimer hat mir geholfen mit seinen langen Flügeln!"
„That's right!", bestätigt John O'Connor. Weite Strecken können die Raben nicht fliegen. Ihr Gleichgewicht ist gestört. John O'Connor hofft tief im Inneren, dass sie vom Gewitter erschreckt wurden und sich irgendwo im Tower verstecken. Aber da sie offiziell Soldaten Ihrer Majestät sind, muss er sie als fahnenflüchtig melden. Eigentlich in dem Moment, in dem er die Abwesenheit feststellt. Aber John findet, bei Tieren sollten die Regeln nicht so streng sein. Schließlich können die Vögel sie ja gar nicht lesen. Doch ewig kann er das Drama nicht verschweigen. Höchstens eineinhalb Tage.
„We have 36 hours!", sagt er besorgt.

„Then I'll have to report it to the Royal Family.“
36 Stunden haben sie nur! Dann muss John das Verschwinden der Tiere der königlichen Familie melden! Watson ist geschockt.
Das ist verdammt wenig Zeit für einen so komplizierten Fall.
John hofft deshalb, dass Sherlock und Watson die Raben in kürzester Zeit aufspüren und zurückbringen werden. 36 Stunden.
So lange kann er den Touristen erzählen, die Raben seien beim Tierarzt. Er beugt sich weit zu Sherlock nach vorne. Seine eigene Ehre ist nicht so wichtig. Aber: **„If the ravens are lost or have flown away, the Tower will fall. And with the Tower the whole kingdom will fall, too“**, flüstert er.
Watson bekommt eine Gänsehaut. Wenn die Raben verschwunden oder davongeflogen sind, wird der Tower fallen – und das ganze Königreich wird zusammenbrechen! Der Besucher erzählt das ziemlich überzeugend.

Aber Watson besinnt sich. Eigentlich kann er kaum glauben, wie seltsam manche Briten sein können. Das ist doch alles nur Aberglaube. Raben als Soldaten? Ein Butler für Vögel? Blutgetränkte Kekse? So etwas kann nicht sein!

Sherlock hingegen versteht nicht, was Watson daran merkwürdig findet. Um ehrlich zu sein: Er hat im Moment auch ganz große Angst, das Königreich würde in den nächsten Stunden untergehen.

„Let's visit the crime scene", beschließt Sherlock. **„I'll send my two assistants."**

Er will sich den Tatort ansehen. Aber zu John sagt Sherlock etwas anderes: Er würde seine beiden Assistenten schicken. Der Rabenmeister soll ja weiterhin glauben, er hätte mit einem Erwachsenen gesprochen.

Während John O'Connor im Flur wartet, quetscht Sherlock sich an dem Raumteiler vorbei. Dann stellt er sich dem Rabenmeister als Assistent des großen Detektivs vor.

Watson ist mal wieder sprachlos, wie geschickt sein Chef ist.
Sie gehen die Treppe hinunter und nach draußen.
„Let's take a taxi", schlägt Sherlock vor und winkt auch gleich eines der schwarzen Autos heran.
Watson ist in London noch nie Taxi gefahren. Als der Wagen vor ihm steht, wundert er sich über das hohe Dach.
„The roof of the taxi is very high", bestätigt Sherlock. **„This way the gentlemen can leave their hats on."**
Watson rollt mit den Augen. Diese Engländer sind wirklich verrückt! Laut Sherlock geht es darum, dass die Männer bei der Fahrt ihre Hüte aufbehalten können. Und das macht Sherlock jetzt auch.
Als er gerade die Tür zuziehen will, bleibt Shirley neben dem Wagen stehen.
„Is this a new client?", will sie mit Blick auf O'Connor wissen. **„I can help you!"**

Sie mag tatsächlich keine allzu schlechte Detektivin sein: Immerhin hat sie sofort erkannt, dass es sich bei John O'Connor um einen neuen Klienten des Detektivbüros handelt. Natürlich will sie gleich helfen.
„I don't know what you're talking about!", antwortet Sherlock. Als hätte er wirklich keine Ahnung, wovon Shirley da spricht. Schließlich hat er dem Rabenmeister strengste Vertraulichkeit versprochen.
Auf der Fahrt durch London liest Watson auf seinem Smartphone noch weitere Informationen über den Tower. Recherche nennt ein Detektiv das. Wissen kann man nie genug. Alles kann schließlich für ihn wichtig sein.
„Putting a price to the Crown Jewels is difficult because they'll probably never be sold", liest Watson, als sie vor dem Gebäude halten. Den Wert der Juwelen genau zu beziffern, ist schwierig, da sie wohl niemals verkauft werden. Aber manche

sprechen von einem Wert von drei Milliarden Pfund! Kein Wunder, dass der Tower so gut bewacht wird.

Die Gebäude, die zum Tower gehören, liegen direkt an der Themse. Überall stehen Wachmänner mit diesen seltsamen schwarzen Hüten.

„They're called Beefeaters", klärt Sherlock seinen Assistenten auf. Wie bitte, sie werden Rindfleisch-Esser genannt? Angeblich, weil die Wachmänner es sich immer leisten konnten, Rindfleisch zu essen, fügt Sherlock hinzu. Die normalen Bürger hatten oft nur Geld für Rüben.

„Their name is ‚The Yeoman Warders'", sagt John empört. **Yeoman Warders** ist also ihr offizieller Name. **„Beefeaters"** hören sie anscheinend nicht gerne.

Die **Yeoman Warders** schauen grimmig, als Sherlock und Watson sich an der Schlange der Touristen vorbeimogeln. Doch als sie John O'Connor erblicken, entspannen sich ihre Gesichter. Wie auch vor dem Palast der britischen Königinnen und Könige, dem **Buckingham Palace**, dürfen sich die Wachmänner vor dem Tor des Towers auf keinen Fall bewegen.

Die drei gehen durch mehrere Tore. Eines davon heißt **Traitor's gate** – Tor des Verräters. Dann gelangen sie in den Hof des Towers. Überall sind Touristen und machen Fotos. Einige von ihnen fragen auch nach den Raben.

„The ravens are at the veterinary's office", antworten die **Yeoman Warders** immer gleich. Angeblich sind die Raben beim Tierarzt.

Watson schaut sich um. Rundherum stehen viele Türme. Der **White Tower** ist das Hauptgebäude, hier waren einst die

Gefangenen eingesperrt. In den **Waterloo Barracks** im **Jewel House** werden die Kronjuwelen aufbewahrt. Die Gebäude haben äußerst dicke Mauern, da liegen die Juwelen wirklich sicher. Oder?
„The last robbery was in 1671“, berichtet John O'Connor. Watson entspannt sich ein bisschen. Der letzte Einbruch im Tower ist beinahe 350 Jahre her.
„The horrible name of the burglar was Thomas Blood!“, fügt John hinzu.
Watson schüttelt sich. Der Einbrecher trug den fürchterlichen Namen Thomas Blood, **blood** wie Blut!
Auch der Rest der Geschichte klingt nicht besser. Thomas Blood erstach einen Wachmann und trat die Krone von **Charles II.** platt, damit er sie unter dem Mantel verstecken konnte. Dann flüchtete er.
Watson würde am liebsten auch weglaufen. Für seinen Geschmack fließt in O'Connors Erzählungen einfach zu viel Blut. Doch

Sherlock macht keinerlei Anstalten, den Tower schon zu verlassen. Er lässt sich von John O'Connor zu den Käfigen der Raben bringen. Die sind keineswegs so klein und eng wie in einer Tierhandlung. Königliche Soldaten brauchen natürlich mehr Platz.
„And that's where I live", sagt der Rabenmeister. Watson glaubt zunächst, John O'Connor würde in einem der Käfige wohnen. Inzwischen wundert ihn gar nichts mehr. Doch John zeigt auf ein Haus neben den Behausungen seiner Lieblinge. Dort lebt er also. Jedes Scharren der Vögel hört er nachts.
„But maybe the thunder was too loud", überlegt er laut. **„I didn't hear anything!"** Der Donner des Gewitters muss zu laut gewesen sein. Anders kann John es sich nicht erklären, dass er nichts gehört hat.
„How did the ravens disappear?", fragt er sich. Wie in aller Welt sind die Raben bloß verschwunden?

Sherlock sieht sich die Boxen und den Platz davor genau an.

„I'm sorry that it's so dirty here", entschuldigt sich der Rabenmeister. **„But my little darlings love to collect rubbish. And then there was this storm …"**

„Aha", denkt Watson. Über die Unordnung vor den Käfigen hat er sich auch schon gewundert. Aber die kleinen Schützlinge von John lieben es, von überallher Müll zusammenzutragen. Und dazu noch der Sturm! John hat angeordnet, alles so zu lassen, wie es seit gestern Nacht aussieht.

Nach einer Weile lächelt Sherlock geheimnisvoll.

„The ravens did not disappear", kombiniert er. **„They've been kidnapped!"**

Sieh dir die beiden folgenden Seiten an. Wie hat Sherlock herausgefunden, dass die Raben nicht einfach verschwanden, sondern entführt wurden?

ENTFÜHRT!

Na klar! Jetzt sieht Watson es auch. Die meisten Rabenkäfige sind verschlossen, aber ein Schlüssel für sie steckt noch in einer der Türen. Watson zieht seine Handschuhe an und zieht den Schlüssel ab.
John O'Connor schaut ihn an. Dann zieht er eine dünne Kette aus dem Kragen seiner Jacke – auch daran hängt ein Schlüssel. Sein eigener Schlüssel ist also noch da. John trägt ihn ja immer um den Hals. Man kann damit alle Käfige öffnen. Er ist tatsächlich identisch mit dem gefundenen.
„I can't believe it!", murmelt John entsetzt. Er kann es einfach nicht glauben. Wenn jemand den Käfig mit einem Schlüssel geöffnet hat, bedeutet das auch, dass derjenige die Raben entführt hat. Da ist er ganz Sherlocks Meinung. O'Connor grübelt. Soweit er weiß, gibt es nur einen

Ersatzschlüssel. Und wo sich der befindet, das wissen nur er und die Wachmänner. **„The kidnapper must be one of the guards!“**, folgert er. Oder sollte es etwa einen weiteren Schlüssel geben? Das müssen sie nun herausfinden.

Watson nickt. Er glaubt auch, dass der Entführer einer der Wachmänner gewesen sein muss.

Niemand sonst könnte sieben Raben aus dem Tower herausschmuggeln. Dafür ist die Anlage einfach zu gut bewacht.

„Wir können doch einfach die Fingerabdrücke nehmen“, schlägt Watson vor. Er ist stolz darauf, dass er gleich daran gedacht hatte, seine Handschuhe anzuziehen, als er den Schlüssel holte.

Doch sein Chef hat mehr Erfahrung. Sherlock schüttelt den Kopf. Er ist sich sicher, dass sie wegen des Regens keine Abdrücke mehr finden können.

John O’Connor ist nun in heller Aufregung.

Das alles kann nur Unheil bedeuten.
„We must find the ravens!“, ruft O'Connor aufgebracht. **„Otherwise the Tower will fall!“** Sie müssen die Raben finden – oder der Tower ist dem Untergang geweiht, ist er überzeugt. Und mit ihm, das hat Watson ja nun gelernt, das gesamte Königreich.
Mit Sherlock und Watson sucht John O'Connor das Büro des **Chief Yeoman Warder**, des Chefs der Wachmänner, auf.
John O'Connor klopft kurz an. **„Come in!“**, kommt es von drinnen. Mit seinem Sicherheitsausweis öffnet O'Connor die Tür. Hinter einem dunklen, alten Schreibtisch sitzt ein Mann mit rotem Backenbart, Tony Faker. Er blättert in einem Buch.
„Tony!“, ruft John. **„We need your help!“**
„Na ja“, denkt Watson. Eigentlich brauchen die Detektive keine Hilfe. Bisher haben sie alle Fälle alleine gelöst. Aber er widerspricht dem Rabenmeister natürlich nicht.

Tony Faker sieht von seiner Lektüre auf. Sherlock stupst Watson an. Er deutet auf das Buch, in das der Chef der Wachmänner so vertieft war. Er hat es jetzt rasch unter einen Stapel mit Briefen geschoben. Aber nur zur Hälfte. Watson muss den Kopf ein wenig drehen, um den Titel lesen zu können.

Watson weiß nicht, was er davon halten soll. Das Buch heißt: „Der große Eisenbahn-Raub und andere wahre Kriminalgeschichten“. Warum liest ein Mann, der über die Kronjuwelen wacht, Bücher über wahre Kriminalfälle? Ist er da vielleicht selbst auf krumme Gedanken gekommen? Der Chef benimmt sich verdächtig, findet Watson.
John O’Connor berichtet seinem Chef genau, was sie bisher herausgefunden haben.
Tony Faker ist fassungslos. **„Are you sure?“**, erkundigt er sich bei Sherlock und ergänzt:
„I absolutely trust in my men!“
Sherlock nickt. Es ehrt einen Chef, wenn er seinen Männern so vertraut. Aber ob das auch stimmt, können sie ja einfach überprüfen, meint der Detektiv.
„If the spare key for the cages is missing, it must have been one of your men!“, kombiniert Sherlock.
Wenn der Ersatzschlüssel hier im Büro fehlt, muss es einer der Wachmänner gewesen sein.

Watson nickt. Ein Fremder kann dieses Büro ja gar nicht betreten! Dafür braucht man einen elektronischen Sicherheitsausweis, wie sie eben gesehen haben.
„So where's the key for the cages?", will John wissen. Wo ist der Schlüssel für die Käfige?
Tony Faker steht auf und geht zu einem Wandschrank. Er hebt ein ganzes Brett mit Schlüsseln heraus. Aber er ist zu eilig, die Sache macht ihn nervös. Als er zum Schreibtisch zurückgehen will, bleibt er an der Teppichkante hängen. Alle Schlüssel fallen zu Boden.
„What the hell!", flucht Tony Faker. Was zur Hölle!
Nun kann er nicht mehr so schnell feststellen, ob der Ersatzschlüssel für die Käfige fehlt. Es sind ja alle durcheinandergeraten. Sie müssen nun mühsam an den Türen der Käfige ausprobiert werden. Das kann Stunden dauern.

Sherlock hingegen bückt sich und legt alle Schlüssel auf den Tisch.

„Eleven“, zählt er. **„And there are twelve hooks on the board.“** Es sind genau elf Schlüssel, auf dem Brett sind aber zwölf Haken. Ein Schlüssel fehlt. Aber ist es der für die Käfige?

Sherlock braucht nur zehn weitere Sekunden, dann ist er sich sicher: Es ist der Schlüssel für die Käfige, der fehlt. **„Yes, it's the key for the cages that's missing.“**

Watson, John O'Connor und Tony Faker staunen nicht schlecht.

?

Wie hat Sherlock so schnell herausgefunden, dass ausgerechnet der Schlüssel zu den Rabenkäfigen fehlt?

NOCH MEHR VERDÄCHTIGE

Tony Faker kann es nun nicht mehr leugnen: Einer seiner Wachmänner hat den Schlüssel aus dem Schrank geholt, die Raben entführt und den Schlüssel stecken lassen. Denn der Schlüssel mit dem gleichen Bart, wie ihn O'Connors Schlüssel hat, fehlt.
„I have to ask my men“, beschließt Faker. Er will also seine Männer befragen. Das geht während der Öffnungszeiten natürlich nicht. Sie müssen warten, bis alle Touristen aus dem Tower verschwunden sind.
John O'Connor schaut auf seine Uhr.
„We'll close in seventy-two minutes“, verkündet er. In 72 Minuten schließt der Tower.
Er bittet Sherlock und Watson, so lange zu bleiben. Sie sollen bei der Befragung dabei sein. Vielleicht fällt ihnen etwas auf, was Tony überhört. Der Rabenmeister scheint

dem Chef der Wachmänner also auch nicht wirklich zu trauen.

Sherlock und Watson schlendern über die Anlage. Sherlock zeichnet einen Lageplan in sein Notizbuch.

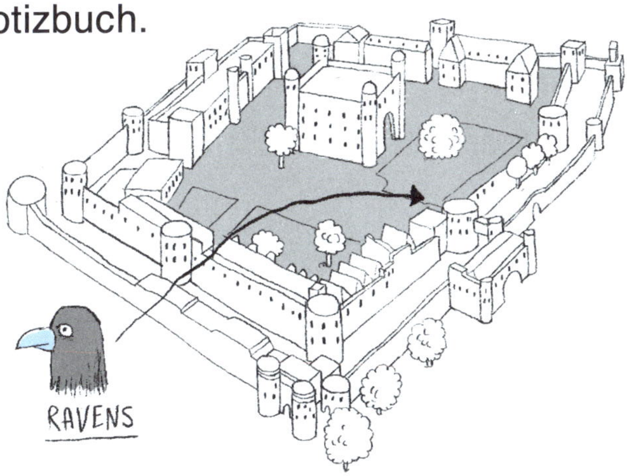

Genau 73 Minuten und zwölf Sekunden später stehen alle **Yeoman Warders** aufgereiht im Hof des Towers.

Watson schüttelt sich ein wenig. Im Hof des Towers wurden früher viele Gefangene hingerichtet. Es gab aber auch einen öffentlichen Hinrichtungsplatz draußen.

Tony Faker läuft die Reihe entlang. Er sieht allen seinen Männern tief in die Augen.

Dann beginnt er zu sprechen.

„Yeoman Warders!“, ruft er. **„There’s a traitor among us!“**
Watson zuckt zusammen. Das sind harte Worte: „Es ist ein Verräter unter uns!“
Im weiteren Verlauf des Gesprächs erfährt er aber interessante Neuigkeiten.
Alle Wachmänner wohnen mit ihren Familien im Tower. Damit hätten sie rund um die Uhr Zugang zu den Käfigen gehabt.
„And the thunder was very loud“, murmelt Sherlock in sich hinein. **„It was the perfect night for a crime!“** Watson nickt.
Das findet er auch. Die Gewitternacht war die perfekte Nacht für ein Verbrechen. Der Donner war sehr laut. Außerdem geht bei strömendem Regen keiner gerne vor die Tür. Der Rabenräuber konnte also sicher sein, dass ihn niemand stören würde.
Sherlock und Watson lauschen den Befragungen.
„Take notes, too!“, kommandiert Sherlock, der schon seinen Block hervorgezogen hat.

„Two heads are better than one."

„Ich soll mir Notizen machen?", platzt es aus Watson heraus. „Das sind 36 Männer, die hier befragt werden!" Selbst wenn Sherlock natürlich recht hat und vier Augen mehr sehen als zwei …

Sherlock seufzt.

„Yes, my hardworking assistant", bestätigt er. **„But three of them are suspicious."**

Watson grinst unsicher. Auf der einen Seite freut er sich, von Sherlock als hart arbeitender Assistent bezeichnet zu werden. Auf der anderen Seite hat er keine Ahnung, welche drei Wachmänner sein Chef meint, die verdächtig sind. Erst nach genauem Hinsehen hat Watson die Lösung.

?

Sieh dir die beiden folgenden Seiten an. Welche drei Wachmänner findet Sherlock wohl besonders verdächtig?

Nachdem auch er auf drei Männer besonders aufmerksam geworden ist, macht Watson sich wie gewünscht Notizen. Er sieht diese drei besonders durchdringend an. Ist einer von ihnen ein gemeiner Tierentführer? Schließlich gleicht er seine Notizen mit Sherlocks ab. Sie sind zu den gleichen Schlüssen gekommen.

Der **Chief** der **Yeoman Warders** hingegen hat bei der Befragung nichts Verdächtiges bemerkt. Er beschließt, die Sache weiter unter Verschluss zu halten. Seine Männer verpflichtet er zu absolutem Stillschweigen. Dann dürfen sie abtreten. Faker und die Jungs gehen in Fakers Büro.

„Maybe it was just fate, and it's time for the kingdom to fall!“, murmelt Faker in sich hinein.

Er glaubt also auch an die alte Legende! Demnach ist es vielleicht einfach Schicksal, dass das Königreich zusammenbricht.

Tony Faker entschuldigt sich. Die ganze Aufregung ist ihm auf den Magen geschlagen. Er muss sich dringend einen Kräutertee holen.

Als Faker den Raum verlassen hat, sieht Watson zu Sherlock hinüber. Der Meisterdetektiv ist tief in Gedanken versunken. Hat auch er Angst davor, das Königreich würde nun untergehen?

Sherlock ahnt, was sein Freund denkt.
„I'm not afraid any more", flüstert er Watson geheimnisvoll zu. **„But I've one big question."**
Okay, Angst hat Sherlock also nicht mehr. Stattdessen hat er eine große Frage.
„Wie lautet sie?", zischt Watson zurück.
Sherlock beugt sich weit zu seinem Assistenten hinüber.
„Why would somebody kidnap ravens?", fragt er. **„You can get them for free in any park!"**
Watson bleibt die Sprache weg. Er hat so angestrengt über Verdächtige nachgedacht, dass er sich dazu noch gar keine Gedanken gemacht hat: Warum entführt jemand Raben? In jedem Park kann man sie umsonst bekommen!

NICHT MEHR ERWÜNSCHT

Watson staunt noch immer. Und die Gedanken rattern durch seinen Kopf. Warum entführt jemand Raben?

„There must be a reason for this“, vermutet Sherlock. Es muss einen Grund dafür geben! Einen Plan hinter dem Verbrechen.

„What's really worth stealing in the Tower?“, murmelt Sherlock weiter. Erwartungsvoll schaut er Watson in die Augen.

Watson zuckt mit den Schultern. Doch dann dämmert es ihm. Er reißt die Augen weit auf. Der Rabenräuber will doch nicht etwa …

Sherlock zieht die Augenbrauen hoch. Er scheint noch nachzudenken, was die Raben mit den Kronjuwelen zu tun haben könnten.

„When the ravens disappear, the Tower will fall“, wiederholt Sherlock murmelnd. Ohne die Raben wird der Tower einstürzen.

Schon wenige Minuten später hat der Meisterdetektiv eine Idee, was sich hier in Wirklichkeit abspielt. Die Entführung der Raben ist nur ein kleiner Mosaikstein in einem genialen Plan. Es geht um viel, viel mehr als um ein paar vorlaute Vögel.
Es geht um Aberglaube. Und um jemanden, der das ausnutzen will. Es hat nur keiner damit gerechnet, dass Sherlock und Watson noch genialer sind.
„Watson!“, verkündet Sherlock mit einem Blitzen in den Augen. **„Faker will come back and tell us what to do with the Crown Jewels!“**
Watson muss schmunzeln. Klar, Sherlock ist der beste Detektiv, den er kennt. Aber die Zukunft voraussagen, das kann er nun auch wieder nicht. Woher will Sherlock wissen, dass Faker ihnen gleich erklären wird, was nun mit den Kronjuwelen passieren wird?
Als Tony Faker mit seiner Teetasse zurückkommt, tut er aber genau das:

„We have to protect the Crown Jewels!“, ruft er in entschiedenem Tonfall – wir müssen die Kronjuwelen schützen!

„We'll take them out of the Tower!“

Watson starrt Sherlock an. Manchmal ist ihm sein Chef fast unheimlich. Watson will etwas sagen, doch Sherlock legt den Zeigefinger an die Lippen. Zum Glück hat Faker das nicht gesehen.

Faker schlägt vor, den Schatz aus dem Tower zu bringen. Wenn der Tower einstürzt, wie die Legende sagt, dann muss wenigstens sein wertvollster Schatz gerettet werden. Das Verschwinden der Raben ist für ihn scheinbar ein untrügliches Zeichen dafür, dass das Schicksal seinen Lauf nehmen wird.

Watson beißt sich auf die Unterlippe. Sind die Briten wirklich so abergläubisch? Nur weil die Raben weg sind, bringen sie die Kronjuwelen in Gefahr? Die sind doch hinter den dicken Mauern des Towers für Diebe unerreichbar!

Tony Faker aber ist von der Geschichte vollkommen überzeugt.

Er lässt sechs seiner Männer noch einmal antanzen, diese sechs möchte er in seinen Plan einweihen. Sie treffen sich in der Küche der Wachleute, denn Faker braucht noch einen zweiten Kräutertee.

Die Wachmänner sind mit Faker alle einer Meinung. Bis auf einen: William Bone meldet sich zu Wort. Watson schaut in seine Notizen. Das ist der Wachmann, der besonders müde aussieht.

„It's too dangerous!", widerspricht er. **„The jewels are too valuable."**

Watson nickt still in sich hinein. Recht hat er, der müde Wachmann.

Ein Transport der Kronjuwelen ist zu gefährlich, sie sind einfach zu wertvoll. Tony Faker jedoch winkt ab. Niemand außerhalb der Mauern wird je von dem Transport erfahren, sodass keine Diebe angelockt werden können.
„And I trust the six of you more than my own grandmother!“, verkündet er. Watson atmet tief durch. Faker vertraut diesen sechs Männern mehr als seiner Großmutter. Wenn er da mal recht hat. Immerhin sind die drei, die Sherlock und er für verdächtig halten, auch unter ihnen. Faker aber will davon offensichtlich nichts wissen.
Für den kommenden Tag, Montag, wird der Abtransport in den Tresor einer Bank beschlossen. Auf keinen Fall aber soll er mit einem Panzerwagen stattfinden.
Um kein Aufsehen zu erregen, wird einfach der Transporter der Hofbäckerei zweckentfremdet.

Auch dem Königshaus wird davon nicht berichtet werden. Bleiben die Raben verschwunden, wird die Aktion gemeldet. Tauchen sie wieder auf und die Männer stellen fest, dass es falscher Alarm war, werden die Kronjuwelen schnell zurückgebracht.

„**No one'll notice that they're not here**", glaubt Tony Faker. Keiner wird merken, dass sie nicht mehr hier sind.

Und dann tut er etwas, das Watson beinahe den Atem raubt.

Der Chef der **Beefeaters** holt einen riesigen Diamanten aus seiner Tasche. Dieser funkelt in der Abendsonne.

„**We'll put fake jewels in the vitrines!**", sagt Faker mit einem Lächeln.

„Moment mal!", denkt Watson. **Fake**? Das heißt doch Fälschung! Faker will gefälschte Kronjuwelen in die Vitrinen legen. So werden alle Touristen getäuscht, während der echte Schatz in Wirklichkeit ganz woanders ist.

Keiner wird die vorübergehende Abwesenheit bemerken, ist sich Faker sicher.
Alle Wachmänner nicken. Nur William Bone hat erneut Zweifel.
Watson brummt der Kopf. Es wurde einfach zu viel gesprochen in der letzten Stunde.
Er ist müde und will ins Bett. Sherlock aber macht noch keine Anstalten, den Tower zu verlassen. Wenn es um Kriminalfälle geht, vergisst er alles um sich herum.
Zum Glück will Tony Faker nun auch seine Ruhe haben. Er kommt zu Sherlock und Watson und gibt ihnen die Hand.

„Thank you. You can leave now", bedankt er sich. Die beiden Detektive dürfen jetzt gehen. **„Little boys should go to bed now"**, fügt er spöttisch hinzu – kleine Jungs sollten nun so langsam in ihre Betten.
„And say hello to your invisible boss."
Grüßt euren unsichtbaren Boss, aha. Watson findet die Bemerkungen von Faker nicht gerade freundlich.
„My guards will deal with the rest", bestimmt er. Alles Weitere würden nun die Wachmänner selbst erledigen.
John O'Connor aber stellt sich ihm entgegen. Der Raub der Raben sei nun zwar bewiesen, aber nicht aufgeklärt. Die beiden Gehilfen des großen Detektivs würden selbstverständlich ihre Arbeit fortsetzen, bis die Vögel wieder da seien. Schließlich macht O'Connor sich große Sorgen um seine Lieblinge.
Doch Tony Faker bleibt dabei, sie sollen gehen. Und zwar endgültig: **„The kids have to go! For good."**

Auf dem Weg nach Hause wirkt Sherlock sehr nachdenklich. Außerdem benimmt er sich merkwürdig. Als die beiden Richtung U-Bahn gehen, bleibt Sherlock am Eingang stehen. Obwohl Watson schon durch die Absperrung gegangen ist.
„**I have to buy a ticket!**", ruft er Watson zu. Der Detektiv muss sich einen Fahrschein kaufen. Sagt er. Dabei hat Sherlock doch seit Kurzem eine Jahreskarte, das weiß Watson ganz genau.
Watson macht es nicht gerne, aber es muss sein: Er spioniert seinem Chef hinterher.
Er sieht mit eigenen Augen, wie Sherlock sein Handy aus der Tasche zieht und mit jemandem telefoniert. Der Detektiv spricht nur ein paar Sätze, dann hastet er Watson nach.
Watson wartet auf die Aufklärung, doch Sherlock bleibt die ganze Fahrt über stumm.
Plötzlich steht ein Kontrolleur vor den beiden.
„**May I see your tickets, please?**", fragt er höflich. Der Mann tut ja nur seine Arbeit.

Er möchte die Fahrscheine sehen.
Watson hält ihm sein Ticket hin. Sherlock jedoch bekommt einen knallroten Kopf. Der Detektiv zieht seine Jahreskarte aus der Tasche.
Als der Kontrolleur gegangen ist, gibt Sherlock eine mehr als fadenscheinige Erklärung.
„I've found it in my pocket after all!", stammelt er. Angeblich hat er die Jahreskarte dann doch in seiner Tasche gefunden.
Deshalb musste er keinen Fahrschein ziehen.
Watson nickt. Er glaubt ihm kein Wort. Aber Sherlock ist sein Freund. Wenn der ihn anschwindelt, wird er gute Gründe dafür haben, oder?

Zurück auf der Straße verabschiedet Sherlock sich dreimal laut und deutlich von Watson. Dabei hätte Watson gerne noch ein bisschen mit Sherlock über diesen mehr als seltsamen Fall geplaudert.

„We have to go to bed“, sagt Sherlock immer wieder. Sie müssten nun ins Bett gehen. Dabei gähnt er übertrieben. Aber seine Hand tastet schon wieder nach etwas. Seinem Handy?

Schließlich hat Watson verstanden. Er soll von hier verschwinden.

Doch hinter der Häuserecke klettert er am Gerüst eines Gebäudes empor und beobachtet seinen Chef. Kurze Zeit später weiß Watson, was los ist: Sherlock trifft sich mit einer Person. Und Watson weiß auch, mit wem.

?

Sieh dir die beiden folgenden Seiten an.
Mit welcher Person ist Sherlock verabredet?

UNAUFFÄLLIG GETARNT

Monday morning.

Montagmorgen. Watson lümmelt sich auf dem Stuhl hinter seinem Tisch herum und sieht zur Tafel. Sein Lehrer schreibt eine Zahl nach der anderen an. Die Rechnung, die seine Schüler lösen sollen, wird immer länger.

Vor Watsons Augen verschwimmt alles.

Die Kronjuwelen sollen geraubt werden!

Nur Watson und Sherlock, O'Connor, Faker und sechs seiner Wachmänner wissen von dem Plan, die Juwelen aus dem Tower zu schaffen.

Und einer von ihnen ist ein durchtriebener Verbrecher!

Mit seinen Mitschülern kann Watson nicht über dieses große Geheimnis reden. Keiner von ihnen ahnt auch nur, dass Watson der Assistent eines großen Detektivs ist!

Plötzlich tippt etwas auf Watsons Schulter. Watson schreckt hoch. Es ist der Finger seines Lehrers.

„Walter, wake up!“, sagt er streng. Wach auf! Natürlich lacht die ganze Klasse.

„Go to the blackboard, please“, fordert der Lehrer Watson auf.

Geh zur Tafel … Watson fürchtet, dass das nicht gut ausgehen wird.

Zum Glück hat er am Samstag mit seinem Vater eine sehr ähnliche Aufgabe geübt.

Nach nur einer Minute 20 ist er fertig.

Sein Lehrer ist beeindruckt.

„I wasn't sleeping“, sagt Watson trotzig.

„I was just thinking!“

Und das ist nicht mal geschwindelt. Nein, geschlafen hat Watson wirklich nicht auf seinem Platz. Er hat nachgedacht. Nur nicht über Mathe, sondern über Shirley. Aber das muss seinen Lehrer nun wirklich nicht interessieren. Da würden nur wieder alle lachen.

Warum hat Sherlock sich heimlich mit dem Mädchen aus der Nachbarschaft getroffen? Es war eindeutig, dass sie es war, mit der er telefonierte. Und kurz darauf standen sie beisammen. Warum durfte Watson davon nichts wissen?
Vier Stunden später ist endlich Schulschluss. Watson läuft aus der Schule. Vor dem Gebäude wartet schon Sherlock auf ihn. Shirley ist nicht dabei. Tief in seinem Herzen hatte Watson Angst, Sherlock an eine neue Assistentin verloren zu haben.
„Hello, my dearest friend!“, begrüßt der Detektiv ihn überschwänglich. Mein herzallerliebster Freund. Watson strahlt. Er hat sich völlig umsonst Sorgen gemacht.

Nebeneinander schlendern die beiden Freunde an der Themse entlang. Beinahe ist es so, als wären die Kronjuwelen gar nicht in Gefahr. Als Watson jedoch hört, was Sherlock vorhat, verschwindet sein Lächeln wieder.
„Don't you wonder where we're going?“, erkundigt Sherlock sich.
Nein. Watson hat sich bisher nicht gewundert, wo sie wohl hingehen. Doch jetzt weiß er, dass sein Chef etwas vorhat.
„We're going to a costume rental“, verrät Sherlock. Watson schwant nichts Gutes.
Sie gehen zu einem Kostümverleih! Wenn ein Detektiv das tut, will er nicht zu einer Halloween-Party. Dann will er Verbrecher jagen, ohne erkannt zu werden.
Sherlock erklärt auch gleich, was er genau vorhat. Da Tony Faker ihn und Watson nicht mehr im Tower duldet, müssen die Jungs sich unerkannt hineinschmuggeln. Schließlich wissen alle Wachmänner, wie sie aussehen. Also bleiben nur Kostüme.

Watson sagt noch einmal, dass er das alles gar nicht glauben kann. Wie können erwachsene Menschen so abergläubisch sein? Nur weil die Raben weg sind, haben sie Angst vor dem Untergang des gesamten Königreichs? Und schaffen sogar die wertvollen Juwelen weg?

„Sure“, antwortet Sherlock und zuckt mit den Schultern. **„That’s wise and responsible.“**

Weise und verantwortungsvoll findet Sherlock das? Watson traut seinen Ohren nicht. Doch sein Chef hat das wirklich ernst gemeint.

Leider gibt es ein großes Problem: Unter den Wachmännern befindet sich ein Verräter.

„Ich glaube, wir Deutschen werden die Engländer nie verstehen“, murmelt Watson.

„Pardon?“, hakt Sherlock nach, aber Watson winkt ab.

Kurz darauf erreichen sie den Kostümverleih. Der Laden liegt ein bisschen versteckt in einer Seitenstraße. Dafür gibt es hier aber die ausgefallensten Verkleidungen.

Ein Schild an der Theke listet die beliebtesten auf.

„Mango tree?", erkundigt Sherlock sich beim Besitzer des Geschäfts. **„Are there really people who want to disguise themselves as a mango tree?"**

Watson muss kichern. Ob sich wirklich jemand als Mangobaum verkleidet? Der Mann aber nickt.

„Sure!", bestätigt er. **„But maybe you prefer the earthworm."**

Er hält Sherlock das Regenwurmkostüm hin. Der schüttelt den Kopf.

„That's too fancy", lehnt er höflich ab. Zu ausgefallen. Sogar für einen Briten.

Dann probieren die beiden Freunde Kostüme an. Das macht richtig Spaß! Beinahe vergisst Watson, warum sie all das tun: weil die Kronjuwelen gestohlen werden sollen.
Sherlock kommt in einem roten Anzug aus der Umkleidekabine.
„I'm a Formula One driver!", stellt er sich vor. Ein Formel-1-Fahrer läuft aber selten durch den Tower. Also zieht er etwas anderes an. Ein schwarzes Kostüm mit einem Schwert.
„Now I'm a Ninja!", sagt er. Aber auch Ninja-Kämpfer sind im Tower wohl zu auffällig.
Schließlich entscheidet er sich für eine kurze Hose, ein geblümtes Hemd und einen Plastik-Fotoapparat.
„Perfect!", urteilt Sherlock, als er sich im Spiegel betrachtet. **„I'm an American tourist!"**
Ja, amerikanische Touristen gibt es viele in London.
Watson aber findet nichts, was ihm gefällt.

Also trifft Sherlock die Entscheidung. Er holt für seinen Assistenten eine braune Kutte, einen Strick und eine schwarze Sonnenbrille. **„You're a monk with sensitive eyes"**, bestimmt er. Ein Mönch mit empfindlichen Augen, aha. Watson ist im ganzen Leben noch kein Mönch mit Sonnenbrille begegnet. Doch Sherlock bleibt dabei. Mit dem Geld, das die alte Dame ihm als Dank für die Versorgung von Mortimer dagelassen hat, zahlt Sherlock die Kostüme.

Ihre normalen Kleider lassen die beiden unter den Kostümen an – man kann ja nie wissen. Nur die Schulranzen lassen sie im Laden hinter der Theke stehen. Der Verkäufer knurrt zwar etwas, passt dann aber netterweise darauf auf. So bald wie möglich wollen die Jungs sie ja wieder abholen. Auf der Straße starren alle Leute Watson an. Er schämt sich fürchterlich.

„Who's the robber?", lenkt Sherlock ihn ab. Watson hat darüber auch schon nachgedacht. In der vergangenen Nacht hat er einen weiteren Verdächtigen unter seine Notizen geschrieben.

Bert Wallace: hat einen Verband um den Finger!
Vielleicht von einem Rabenbiss?

Tony Faker liest wahre Kriminalgeschichten.
Will die Juwelen wegschaffen.
HAUPTVERDÄCHTIGER!

„Very good, Watson!", lobt Sherlock. **„Do you think he's the number one suspect?"** Watson nickt. Ja, er hält den Chef der Wachmänner eindeutig für den Hauptverdächtigen. Auch, weil er die Sache mit dem Aberglauben einfach nicht ernst nehmen kann.

William Bone hingegen möchte Watson eigentlich schon durchstreichen. Er war schließlich der Einzige, der den Abtransport verhindern wollte, oder?
„**Maybe ...**", murmelt der Meisterdetektiv. Könnte sein. Mehr sagt er nicht. Aber durchstreichen soll Watson ihn noch nicht. Was wirklich in Sherlocks Kopf vorgeht, kann Watson auch nach vielen Wochen der Zusammenarbeit noch immer nicht erahnen.
Unterwegs zum Tower rufen beide Jungs noch ihre Eltern an. Das könnte ein langer Abend werden und keiner soll sich unnötig Sorgen machen.
Sherlock erzählt seinen Eltern, dass er bei Watson schläft. Und Watson, dass er bei Sherlock übernachtet. Einfach, aber genial.
Als die beiden an den Besucherkassen des Towers anstehen, bekommt Watson einen Schock. Shirley steht vor einem Souvenirladen. Im Arm hält sie einen Pappkarton. Ausgerechnet jetzt, wo er

diese blöde Verkleidung anhat! Es ist schon peinlich genug, wenn ihn Fremde so sehen. Aber ein Mädchen aus der direkten Nachbarschaft …

Doch Shirley lacht ihn gar nicht aus. Sie winkt ihm und Sherlock nur zu.

„Good luck!“, ruft sie und taucht in der Menge unter.

„Viel Glück? Wobei?“, fragt Watson sich. Beim Fotografieren?

„Two tickets, buddy!“, sagt Sherlock am Schalter und versucht dabei möglichst amerikanisch zu klingen. Immer wieder dreht er sich um und tut so, als würde er Fotos schießen.

Die Frau hinter dem Schalter wundert sich sichtlich, dass sie mit „Kumpel“ angesprochen wird. Aber sie hat sicher schon Schlimmeres erlebt.

Kaum sind Sherlock und Watson durch das Eingangstor gegangen, hören sie jemanden rufen.

„Hey there!“, ruft einer der **Yeoman Warders**. **„Come to me!“**
Watson zuckt zusammen. Es ist Tony Faker! Sie sind sofort erkannt worden. Trotz der Kostüme! Der Chef der Wachmänner kommt auf Sherlock und Watson zu. Und er sieht nicht gerade freundlich aus.
„We must find a good hiding place!“, zischt Sherlock Watson zu.
Watson überblickt das Gelände. Eigentlich gibt es nur ein Gebäude, in das sie sich retten können, ohne von einem Wachmann gesehen zu werden.

Sieh dir die beiden folgenden Seiten an. Welches Versteck hat Watson entdeckt? Du findest es heraus, wenn du dem Weg folgst, der nicht dem Blick der Wachmänner ausgesetzt ist. Wo kommen die Detektive ungesehen hin?

ENTRANCE
TO THE
CROWN JEWELS

WHITE TOWER
SHERLOCK &WATSON

IN DER WAFFENKAMMER

Ein kleiner amerikanischer Tourist und ein Mönch mit empfindlichen Augen stehen im **White Tower** an der Wand der **Royal Armouries**, der Waffenkammer. Sie schnaufen wie alte Dampflokomotiven. Sherlock und Watson sind gelaufen, was die Lungen hergaben. Jetzt sind sie erledigt. Aber erst mal in Sicherheit.

„Phew, that was close!“, sagt Sherlock, als er wieder etwas Luft bekommt.

„Ja, das war sogar sehr knapp“, bestätigt Watson. Vor dem Fenster der Waffenkammer sieht er einen schwarzen Hut vorbeigehen. Der Mann darunter ist Tony Faker. Er war ihnen auf den Fersen. Nun hat er sie aus den Augen verloren.

Als die Dame am Eingang zur Waffenkammer sie durchdringend ansieht, schlendern Sherlock und Watson weiter.

Watson staunt. Er war noch nie hier drin. Das ganze Museum gefällt ihm gut. Besonders natürlich die königliche Waffenkammer mit all den Schwertern, Lanzen, Kanonen und Rüstungen.
„It's going to happen tonight", murmelt Sherlock. Heute Nacht wird es passieren.
„I have to be here and save the Crown Jewels."
Watson weiß, dass Sherlock solche Sätze nicht zum Spaß sagt. Er muss hier sein und die Kronjuwelen retten.
Aber wie? Watson sieht auf sein Handy.
In nicht einmal 20 Minuten ist es halb sechs. Dann werden die Wachmänner alle Touristen nach draußen bitten. Der Tower schließt, ein letztes Mal mit den echten Kronjuwelen hinter seinen Mauern. Heute Nacht werden sie in einem der dreistesten Manöver der Kriminalgeschichte geraubt.
Ganz nach dem Plan von Tony Faker, da ist Watson sich mittlerweile sicher.

„Come this way!“, zischt Sherlock. Watson hat gar nicht mitbekommen, dass der Detektiv in einem Seitenraum verschwunden ist. Watson geht hinterher. Der Raum ist eher ein lang gestreckter Gang. Nach ungefähr 20 Metern knickt er im rechten Winkel ab. Besucher sind hier keine. Aber in einer langen Reihe stehen Ritterrüstungen aus verschiedenen Zeiten.

„We'll hide in them!“, kommandiert Sherlock leise. **„There are no cameras in here.“** Gleichzeitig nimmt er seine falsche Kamera ab. Watson ist wie vom Donner gerührt. Sie sollen sich in den Rüstungen verstecken? Weil hier keine Überwachungskameras sind? Sherlock nickt. Schon ist er dabei, eine der Rüstungen auseinanderzubauen.

„Give me your costume!“, flüstert er. Watson gibt ihm sein Kostüm: die Kutte, die alberne Brille und den Strick. Sein Freund stopft alles in die Rüstung, seine eigenen Kostümteile auch.

Sherlock zeigt auf den Blechritter daneben.

„Take that one“, befiehlt er.

Die Rüstung ist hinten offen, damit Touristen sich darin fotografieren lassen können.

Hastig schiebt er Watson hinein. Das Ding ist viel zu groß für Watson. In einen Kampf ziehen könnte er damit nicht. Doch als Versteck ist es optimal, er kann sogar seine Arme frei bewegen.

„Do you have your mobile phone?“, fragt Sherlock. Durch das Blech klingt seine Stimme ganz anders.

Von innen schiebt Watson das Visier der Rüstung nach oben. Klar hat er sein Handy. Er sieht, wie Sherlock den Gang entlanggeht und um die Ecke biegt. Dort will auch er in eine Rüstung klettern, wie er erklärt hat. So können sie einen größeren Abschnitt im Auge behalten. Der Detektiv zwinkert Watson noch einmal aufmunternd zu.

Aber Watson bemerkt auch, wie angespannt sein Freund ist.
Watson kapiert nun auch, warum Sherlock unbedingt die Rüstungen als Versteck wollte. Die Ritter sehen alle starr aus dem Fenster. Im Hof davor ist der Eingang zur Ausstellung der Kronjuwelen.
Da vibriert Watsons Handy. Es ist Sherlock. **„Hello, buddy“**, sagt er leise. **„This is the biggest crime in British history. And we're watching it happen.“**
Watson holt tief Luft. Ja, Sherlock und er sind beim größten Verbrechen der britischen Geschichte nun sozusagen live dabei.
Eine halbe Stunde später ist es mucksmäuschenstill. Die Besucher sind gegangen, die übrigen Angestellten auch. Nur die **Yeoman Warders** sind noch da.
Als draußen der Lieferwagen eines Bäckers vorfährt, wird es ernst. Watson ruft schnell noch einmal Sherlock an. Die Stille ist ihm unheimlich.

Watson schlägt vor, lieber die **Bobbies** zu verständigen, doch Sherlock ist sich sicher: **„We can make it on our own!“** Sie kriegen die Sache auch alleine hin, dafür brauchen sie keine Polizisten.
Aber Watson fühlt sich sehr allein in seiner Rüstung.
„Don't worry“, sagt Sherlock, **„just hold the line, I'm with you then. Okay?“**
Ja, vielleicht hilft es, wenn die beiden nicht auflegen, sondern über das Handy verbunden bleiben. **„Okay“**, flüstert Watson. Dann sagt er gar nichts mehr. Im Hof haben die sechs informierten Wachmänner eine Reihe gebildet.
Tony Faker schaltet die Alarmanlage aus.
Die eingeweihten Wachmänner arbeiten schnell, leise und routiniert. Die anderen hat Faker an Wachposten an anderen Stellen geschickt, wo sie das Geschehen nicht beobachten können.
Sofort laden sie Pappkartons aus dem Lieferwagen.

Scones, **Cake**, **Cookies**, **Rolls** steht auf ihnen, wie Watson lesen kann.
Um kein Aufsehen zu erregen, verpacken sie die Kronjuwelen also in einfache Pappkartons!
Die Wachmänner verschwinden mit den Kartons im Gebäude, wenig später taucht einer nach dem anderen wieder auf.
Ihre Last ist nun deutlich schwerer. Sie verladen alles in den Bäckerei-Transporter, den Tony Faker organisiert hat.
„Durchschaut denn niemand diese Schurkerei?“, durchzuckt es Watson. Nur aus Aberglauben werden die Juwelen aus dem Tower gebracht. So einfältig kann doch wirklich kein Wachmann sein.

William Bone ist der Einzige, der sich einmischt. Das ist der Wachmann, den Watson anfangs noch verdächtigte, weil er so müde aussah.

„Leave the jewels here where they belong!“, protestiert er erneut.

Die Juwelen sollen hier bleiben, wo sie hingehören.

Doch Faker weist ihn barsch zurecht.

„If we can't save the kingdom, we'll at least save its crown!“, feuert er seine Männer an. Alle jubeln. William Bone wird von ihnen zur Seite geschoben.

Watson ballt die Fäuste. Was für ein hinterhältiger Satz. Wenn wir schon nicht das Königreich retten können, retten wir wenigstens seine Krone. Also wirklich!

Watson findet, dass Faker ein skrupelloser Verbrecher ist, dem schnellstens das Handwerk gelegt werden muss. Doch noch können sie ihm nichts beweisen. Oder?

Schnell meldet Watson sich bei Sherlock.

Sie können doch unmöglich warten, bis der Transporter aus dem Tower endlich herausgefahren ist.

„Sherlock, was sollen wir tun?“, flüstert Watson. Doch Sherlock antwortet nicht. Sicher will er keinen unnötigen Laut von sich geben.

Um 22 Uhr 30 scheinen alle wichtigen Kronjuwelen in den Transporter verladen zu sein.

Tony Faker will ihn aus dem Tower steuern. Watson könnte brüllen vor Wut. Kann er denn wirklich gar nichts machen?

Es ist doch so sonnenklar, dass sie es hier mit einem Verbrecher zu tun haben! Warum sieht das denn keiner der Wachmänner?

Da öffnet Faker die Schiebetür des Transporters. Dadurch verschwinden einige Buchstaben der Aufschrift hinter Blech. Watson muss schlucken, als er die Worte liest, die so entstehen. Fünf Sekunden später schließt William Bone die Schiebetür wieder.

Doch diese fünf Sekunden haben Watson zum Nachdenken gebracht. „Was, wenn alles ganz anders ist?“, murmelt er in sich hinein. „Vielleicht denken wir in die falsche Richtung?“

Watson muss sich sofort mit Sherlock verständigen.

„Mein Opa sagt immer: Der Kopf ist rund, damit das Denken die Richtung ändern kann“, nuschelt Watson ins Handy. „Vielleicht haben wir nur gesehen, was wir sehen wollten. Der Zufall hat mich nun ins Grübeln gebracht. Vielleicht müssen wir über einen anderen Täter nachdenken …“

?

Sieh dir die nächste Seite an. Was hat Watson auf dem Transporter gelesen? Stelle dir vor, die Schiebetür würde geöffnet, bis das F das b verdeckt. Was würde dann dort stehen?

Notting Hill's
Freshest pastry and sweetest

ALLES GANZ ANDERS

Watson ist ganz aufgeregt. Haben sie die ganze Zeit in die falsche Richtung gedacht? Der Zufall hat ihm einen Hinweis gegeben – der sekundenlange Schriftzug **„Not Faker“**. Wenn man sich auf den falschen Mann konzentriert, ist man oft für alle anderen Hinweise blind. Vielleicht ist Faker der dreiste Räuber – vielleicht aber auch jemand ganz anderes.

„Sherlock!“, wiederholt Watson flüsternd. „Vielleicht denken wir an den falschen Mann!“

Sherlock ist von dieser Nachricht wohl geschockt. Jedenfalls antwortet er noch immer nicht. Offenbar hat er aber den Hörer wieder am Ohr, denn er schnauft.

Während draußen der Lieferwagen startklar gemacht wird, will Watson sich aus der Rüstung befreien. Sie müssen den Wagen aufhalten!

Da bekommt er plötzlich Hilfe von unerwarteter Seite. William Bone steht mit grimmiger Miene vor ihm und zieht ihn aus seinem Versteck. Er hat Sherlock bei sich und dessen Handy in der Hand.

„You little fool!“, faucht er. **„Leave me alone!“**

Watson zuckt zusammen. Er ist wirklich ein kleiner Idiot. Jedenfalls fühlt er sich gerade so. Und Bone sollte er in der Tat in Frieden lassen. Es bleibt ihm gar nichts anderes übrig. Schließlich hat der Schurke seinen Freund in der Mangel. Ängstlich lässt er sein Handy in die Tasche gleiten.

Bone hat Sherlock gefesselt, wie Watson nun erkennt – und ihm einen Knebel in den Mund gestopft. Wie lange schon hat Bone am Handy mitgehört? Jetzt macht der Verbrecher auch Watson mit einem Strick unschädlich.

„I'm so close to my biggest dream!", verrät Bone. **„The two of you won't destroy my plan!"**
Bone legt Watson die Fesseln an. Mit Klebeband klebt er ihm den Mund zu. Er ist so kurz davor, seinen größten Traum zu verwirklichen, da will er sich von den beiden Detektiven seinen Plan nicht zerstören lassen.
Was Bone ihnen dann stolz erzählt, ist unglaublich. Er hat die ganze Zeit nur den Zweifler gespielt, um von sich abzulenken. In Wirklichkeit war das Ganze von Anfang an sein Plan. Bereits vor über 30 Jahren hat er sich die Sache ausgedacht, denn schon als Kind war er von den Kronjuwelen begeistert. 20 Jahre musste er nun Dienst in der britischen Armee verrichten, bis er sich für den Posten als **Yeoman Warder** bewerben konnte. Jetzt hat er sein Ziel beinahe erreicht – und das nur, weil sein Chef der abergläubischste Wachmann

von allen ist. Was der tun würde, wenn die Raben verschwunden sind, war für Bone ziemlich leicht auszurechnen.
Zwei Komplizen warten vor den Toren des Towers auf den Lieferwagen. Sobald dieser außer Sichtweite des Wachpersonals ist, werden sie ihn anhalten und die Kronjuwelen umladen. Tony Faker ist abergläubisch – aber völlig unschuldig.
William Bone sperrt Sherlock und Watson in den Kerker und verschwindet.
„Good night!“, wünscht Bone noch höhnisch. **„And sweet dreams.“**
Gute Nacht und süße Träume.
Watson könnte ausrasten vor Wut. Leider sind seine Hände fest zusammengebunden.
Nur noch wenige Sekunden, dann wird der Lieferwagen das Gelände verlassen.

Zwar können die Kids von hier aus den Hof überblicken, aber das macht es noch viel schlimmer. Sie sehen, wie Bone seinem Chef Tony Faker in den Transporter hilft. Da macht Sherlock etwas sehr Merkwürdiges. Mühsam fummelt er Watsons Handy aus dessen Tasche und drückt mit der Nase auf die Tasten. Er tippt tatsächlich eine Nummer ein! Watson kann nicht glauben, was dann passiert. Eine Mädchenstimme meldet sich. Es ist Shirley!

„Now?“, fragt sie. Jetzt?

„Grmmmpf“, antwortet Sherlock.

Nur 30 Sekunden später landet ein Rabe auf der Mauer des Towers. Es ist Mortimer!

Sherlock hat in der Zwischenzeit seine Fesseln an einer Waffe durchgescheuert. Japsend zieht er sich den Knebel aus dem Mund.

„Shirley has brought Mortimer here and opened his cage“, verrät er.

„Was?“, ruft Watson, als Sherlock ihm das Klebeband abreißt. „Shirley hat Mortimer hergebracht und seinen Käfig geöffnet?“

Sherlock schweigt. Er nimmt Watsons Hand und rennt mit ihm in den Hof des Towers.

„Quick!“, kommandiert der Detektiv. **„We only have seconds!“**

Das muss Watson wirklich niemand sagen. Natürlich läuft er schnell. Schließlich bleiben ihnen nur noch Sekunden!

Im Hof des Towers angekommen, läuft Sherlock geduckt zum Lieferwagen und lockt den Raben an.

„Come here, old boy!“, säuselt er. Komm her, alter Junge!

Und Mortimer macht, was er sonst nie macht: Er gehorcht aufs Wort.
Sogar noch mehr. Er flattert so schnell um den gerade anfahrenden Lieferwagen herum, dass niemand erkennt, dass es nur ein einziger Rabe ist. Tony Faker reißt die Augen auf. Dann stoppt er den laufenden Motor sofort.
„The ravens are back!“, jubelt der Chef der Wachmänner, als er aus dem Wagen springt.
„The kingdom is save again! The Tower isn't lost!“
Ja, die Raben sind zurück, das Königreich ist gerettet! Jedenfalls, wenn man so abergläubisch ist wie die **Beefeaters**.

Faker reißt die Arme in die Höhe. **„There's no longer need to take the jewels away!"**, befiehlt er. **„Bring them back to the museum."** Jetzt gibt es keinen Grund mehr, die Juwelen abzutransportieren. Die Wachmänner sollen sie in die Vitrinen zurückbringen.

Einen kurzen Moment tut William Bone so, als würde auch er sich freuen. Doch als er Sherlock und Watson sieht, versucht er zu fliehen.

„Grab him!", kommandiert Sherlock schnell. **„He planned to rob the jewels!"**

„Ja, schnappt ihn euch", ruft auch Watson. „Er wollte die Juwelen rauben."

Die Wachmänner glauben ihnen. Vor allem, weil John O'Connor sich sofort auf William Bone stürzt. Er wird von seinen Kollegen gefangen genommen. In die Enge getrieben, gibt er seine Schuld zu.
„Yes, it's true", sagt Bone zähneknirschend.
„It was my dream to bath in the jewels."
Sein Traum war es, in den Juwelen zu baden.
Kopfschüttelnd führen die Wachmänner den Schuft ab.

Als der Morgen anbricht, sind alle Juwelen wieder an Ort und Stelle. Keiner der Wachmänner wird jemals ein Sterbenswörtchen über die 36 Stunden verlieren, in denen das Vereinigte Königreich kurz vor dem Untergang stand.
In einer Gartenlaube in Notting Hill findet John O'Connor nach Bones umfangreichem Geständnis seine Raben wohlbehalten wieder. Freudestrahlend setzt der Rabenmeister seine Lieblinge wieder in ihre großen Käfige.

„You'll get some bloody biscuits extra tomorrow morning", verspricht er ihnen. Watson schüttelt sich. Die Raben bekommen morgen ein paar blutgetränkte Kekse extra. William Bone allerdings wird unehrenhaft aus den Diensten entlassen. Offiziell wegen schlechter Behandlung von einfachen Soldaten muss er ins Gefängnis. Und das ist ja noch nicht einmal richtig gelogen. Die Raben sind schließlich Soldaten Ihrer Majestät, wie Watson weiß.
Als Watson und Sherlock nach Hause kommen, ist es schon hell. Alle Nachbarn schlafen friedlich. Auch ihre Eltern. „Wenn die wüssten!", denkt Watson und schmunzelt. Schließlich haben ihre Söhne in der vergangenen Nacht nichts Geringeres getan, als das Königreich zu retten. Mortimer krächzt in seinem Käfig, den sie abwechselnd tragen. Denn der war in Shirleys Karton.

Vor der Haustür ihres Detektivbüros wartet schon Shirley auf die beiden. Sie ist begeistert. Bisher hat sie ihnen nicht richtig geglaubt. Aber jetzt, wo sie endlich überzeugt ist, ist sie Feuer und Flamme.
„Now we're three detectives!“, verkündet sie selbstbewusst. Ab jetzt sind sie drei Detektive? Watson ist sich nicht sicher, was er davon halten soll.
Shirley gähnt. Bevor sie ins Bett geht, will sie noch eins wissen: Wie haben die beiden bloß Mortimer wieder in den Käfig gelockt?
„I gave him a promise“, antwortet Sherlock ernst.
„Aha?“, wundert Watson sich. „Was für ein Versprechen hast du ihm denn gegeben?“
Sherlock lächelt jetzt. **„I told him you would serve him blood-soaked biscuits this morning.“**
Was? Sherlock hat Mortimer versprochen, Watson würde ihm blutgetränkte Kekse servieren?

Watson seufzt. Der Assistent eines so großen Detektivs hat es wirklich schwer! Aber vielleicht übernimmt Shirley in Zukunft solche Aufgaben?

Tipp:

Die Übersetzung für alle englischen Wörter und Sätze kannst du dir herunterladen unter: www.duden-leseprofi.de/Sherlock-Tower